# 西涧诗澜

黄玉才 著

哈尔滨出版社
HARBIN PUBLISHING HOUSE

图书在版编目（CIP）数据

西涧诗澜 / 黄玉才著. -- 哈尔滨：哈尔滨出版社，2025.1. -- ISBN 978-7-5484-8319-9

Ⅰ．I217.2

中国国家版本馆 CIP 数据核字第 2024WA0343 号

书　　名：**西涧诗澜**
　　　　　XI JIAN SHI LAN

作　　者：黄玉才　著
责任编辑：滕　达
装帧设计：书香力扬

出版发行：哈尔滨出版社（Harbin Publishing House）
社　　址：哈尔滨市香坊区泰山路82-9号　邮编：150090
经　　销：全国新华书店
印　　刷：四川科德彩色数码科技有限公司
网　　址：www.hrbcbs.com
E - mail：hrbcbs@yeah.net
编辑版权热线：（0451）87900271　87900272
销售热线：（0451）87900202　87900203

开　　本：880mm×1230mm　1/32　印张：6　字数：140千字
版　　次：2025年1月第1版
印　　次：2025年1月第1次印刷
书　　号：ISBN 978-7-5484-8319-9
定　　价：58.00元

凡购本社图书发现印装错误，请与本社印制部联系调换。**服务热线**：（0451）87900279

CONTENTS

**上卷　诗歌 / 001**

　　留守老人 / 002

　　内子生日相偕登山 / 002

　　五十初度兼跋《抱瓮集》付梓 / 002

　　过池河太平桥 / 003

　　东梓关忆游 / 003

　　绿皮车 / 003

　　观母亲旧照感怀 / 004

　　庚子闲居书奉善斋诗友 / 004

　　幽栖寺次明区大相韵 / 005

　　小城重逢凤阳同窗 / 006

　　清流关书壁 / 006

　　春节忆儿时 / 006

　　出　户 / 007

　　疫中马剑见寄西湖龙井 / 007

上巳日晨起听鸟鸣 / 007

玉兰花 / 008

暮春听蛙 / 008

观　钓 / 008

晚　春 / 009

客苏州黄耀良琴师抚《醉翁操》 / 009

雾前所思 / 009

广场偶见黑松 / 010

戏题木乃伊网照 / 010

张生《蔷薇》次韵 / 010

半日楼主人吴之兴莳四时之花，长年优游其间，
　予艳羡赋此 / 011

遣　怀 / 011

郊行过农家菜园 / 011

浮　萍 / 012

探病中岳父 / 012

温度计的启示 / 012

书奉友人退休索诗 / 013

窗　外 / 013

庚子滁河防汛值夜 / 013

淮安二首 / 014

咏瀑布 / 014

咏　蝉 / 015

过乌衣渡 / 015

鸡　汤 / 015

残　荷 / 016

新置老花镜戏作 / 016

让　泉 / 016

生日述怀 / 017

中秋节善斋见寄《当代诗词点评》 / 017

体检归来 / 017

移家儒林湖晨起 / 018

冬雨淅沥夜不能寐并寄柯生兄 / 018

十字镇冬日观钓 / 018

安吉庄挑荠菜 / 019

徐宏勤书法结集，嘱为之序，余愧不能应 / 019

新获近僧牡丹图题句 / 020

城市围墙 / 020

七星公园雨霁看竹 / 020

腊月廿七水仙花开 / 021

枕　书 / 021

春　雨 / 021

晚　归 / 022

微信朋友圈 / 022

排球与诗 / 022

无　题 / 023

狗尾草 / 023

咏　蝉 / 023

建筑民工 / 024

谷雨试茶 / 024

虞姬墓之争 / 024

长假景区见闻 / 025

儒林湖观鹭 / 025

徐亚东系列名人造像观后 / 025

长假遇外卖小哥 / 026

集　句 / 026

门卫老人 / 026

地　摊 / 027

午寐起作 / 027

挽袁隆平院士 / 027

读金农墨梅图 / 028

茶　事 / 028

读杜牧《张好好诗》 / 028

过西湖林逋墓 / 029

青　苔 / 029

寄淝上林泉书院主人 / 029

屡闻墓地涨价 / 030

病中戏作 / 030

临池口占 / 030

晨诵《心经》 / 031

建筑工人 / 031

朱荣贤见寄《林泉寄兴》画集 / 031

题《随园诗话》卷后 / 032

立秋日闻蝉 / 032

摊　书 / 032

雨眺儒林湖 / 033

咏　枫 / 033

咏　根 / 033

流浪猫 / 034

中秋拾韵 / 034

丝　瓜 / 034

晚　菊 / 035

辛丑贱辰书怀 / 035

常山道中 / 035

试穿老妻手织线衣 / 036

次韵顶光上人《禅居》 / 036

橡皮图章 / 036

安吉村晓起 / 037

人日初雪 / 037

题林泉书院绿梅 / 038

老　屋 / 038

早春拜读青岛刘翁同题新词口占 / 039

春　分 / 039

客　至 / 039

快闪《我爱你，中国》 / 040

雨中过葡萄泉 / 040

清流关 / 040

柳　絮 / 041

儒林湖观雨 / 041

野　竹 / 041

偕友清流河溯源 / 042

立　夏 / 042

徽州晒秋 / 042

菜　农 / 043

寄冷庐 / 043

陪岳母聊天 / 043

题梁士军先生《牡丹图》 / 044

惊　蛰 / 044

雨　荷 / 044

微雨散步 / 045

无　题 / 045

自　嘲 / 045

六月十八日与善斋书 / 046

清明忆母 / 046

亲历皖江文物资源调查口占 / 046

大暑日读古诗 / 047

大暑翌日山寺避暑 / 047

外卖小哥 / 047

安吉村长夏 / 048

追和高骈《山亭夏日》 / 048

七夕新题 / 048

蝉　歌 / 049

忆儿时捡麦穗 / 049

咏　蚕 / 049

邻翁自嘲 / 050

谒采石矶李白衣冠冢（一） / 050

白　露 / 050

郊行见残荷 / 051

重阳翌日晨兴 / 051

秋窗独坐 / 051

听　秋 / 052

霜　降 / 052

访卢沟桥 / 052

工　棚 / 053

雪花吟 / 053

重读《聊斋》 / 053

送灶翌日看雪 / 054

墨　梅 / 054

过故乡柿园 / 054

安吉村梅园口号 / 055

笋 / 055

林泉书院绿梅题照 / 055

雨霁探欧梅 / 056

题白米山人写生梅花 / 056

蜂　农 / 057

过襄河怀吴敬梓 / 057

春　分 / 057

门卫老人 / 058

陪薛时雨嫡孙薛企荧教授谒醉翁亭 / 058

井　蛙 / 059

夏日鸣蝉 / 059

自　嘲 / 059

观黄进《华山挑夫》抖音得句 / 060

明湖拾韵 / 060

滁州菊农索句 / 061

重读《桃花源记》 / 062

寄宋庄画友 / 062

消夏图 / 062

陪妻美发 / 063

寄株洲左建军先生 / 063

题诗稿后 / 063

露　珠 / 064

悼黄永玉先生 / 064

晨眺西涧 / 064

江南友人寄茶 / 065

题吕雪冰画荷 / 065

山居自题 / 065

冬闲见犁铧 / 066

示邓少剑印友 / 066

琅琊山遇雨 / 067

题王绪岩戎装旧照 / 067

公园晚步 / 067

荷塘消暑 / 068

题徐亚东《袁隆平》画像 / 068

观　钓 / 068

谒采石矶李白衣冠冢（二） / 069

中秋前夕偶识打工人 / 069

秋日山行 / 069

咏邓世昌 / 070

咏　菊 / 070

归　雁 / 071

访浦口永宁知青点 / 071

《晒秋》题照 / 071

癸卯暮秋旅次九天峰步冷庐韵 / 072

陪冷庐善斋二友重访清流关 / 072

应邀赴天长善斋千金婚宴 / 072

病中琐记 / 073

野菊花 / 073

大雪日观残荷 / 074

卵　石 / 074

小寒后三日蜡梅花开 / 074

听九旬邻居聊天 / 075

岁　杪 / 075

农家过年 / 075

落　雪 / 076

朱永平馆长招游尊胜禅院 / 076

正月十五日雪霁 / 076

暮冬口占 / 077

咏　筷 / 077

山居油菜花开 / 077

咏爆竹 / 078

花朝节前四日见旧岁残荷 / 078

过清流关 / 078

纳　凉 / 079

宿桐城挂车河胡大介先生老宅 / 079

初上庐山 / 079

与鸟对话 / 080

清明祭母 / 080

谷雨日赏王绪岩《琅琊紫藤》美照 　/　080

## 下卷　楹联　/　081

## 附　录　/　168

"岁寒三友"应对刍议　/　168
滁州名宦的廉政楹联　/　170
吴鼒太白楼楹联解读　/　174
薛时雨醉翁亭名联赏读　/　177

上卷 诗歌

## 留守老人

前年送上打工途,春草盼成秋草枯。
寡味三餐分两顿,伤心有子不如无。

2020 年 1 月 31 日

## 内子生日相偕登山

烟岚欲把远山分,小径疏梅绽粉痕。
拦路风枝新蕾破,从春浅处看春深。

2020 年 2 月 2 日

## 五十初度兼跋《抱瓮集》付梓

珍惜文缘暂寄身,壮心多半已成尘。
非无佳处堪圈点,一笑当年那份真。

2020 年 2 月 3 日

## 过池河太平桥

翠微环小镇,风雨忆中都。
柳拂桃花浪,湾潜梅白鱼。
一关偎险隘,九省作通衢。
志趣耽山水,烟波羡钓徒。

2020 年 2 月 4 日

## 东梓关忆游

霏霏秋雨叩车窗,街北街南皆土腔。
樟影烟村同染翠,只缘根在富春江。

2020 年 2 月 5 日

## 绿皮车

人流密密复长长,汗味间迎泡面香。
塞满亲情编织袋,乡愁希望一车厢。

2020 年 2 月 7 日

## 观母亲旧照感怀

一张照片已微黄,往事闸开记忆长。
灯下衣衫缝又补,怀中儿女饭兼汤。
迎来雨季巢添暖,走过春华鬓带霜。
病榻叮咛犹在耳,心碑镌刻爱行行。

2020 年 2 月 11 日

## 庚子闲居书奉善斋诗友

### 其一

文人堪笑总狂痴,到处采风觅好词。
日用细微含妙道,寻常事物有真诗。

### 其二

文章未必有偏方,每喟身边多美盲。
一句拈来经肺腑,人情世态入诗囊。

### 其三

下笔何须先立姿？从容敲句未嫌迟。
精神到处心旌动，吟罢数行若有思。

### 其四

一闪火花脑海边，捉为灵感入诗笺。
岂夸腕底疑神助，行路读书开慧泉。

2020 年 2 月 17 日

## 幽栖寺次明区大相韵

吟友从吾癖，城郊访旧踪。
丰山行竹径，西涧绕溪松。
古碣长生藓，桑田总羡农。
红尘耽幻相，问道入云峰。

2020 年 2 月 20 日

## 小城重逢凤阳同窗

相认迟疑叹久违,一杯斟满复一杯。
半生恰似淮河水,逝去青春找不回。

2020 年 2 月 19 日

## 清流关书壁

辙痕深陷读沧桑,孤立残垣对夕阳。
乱石疑兵藏故事,弯弯驿路向南唐。

2020 年 2 月 28 日

## 春节忆儿时

爆竹声中旧岁除,邻童奔走雀相呼。
当年一幕仍心暖,菜粥家人围火炉。

2020 年 3 月 1 日

## 出　户

亲友难逢同一城，砚田借静作深耕。
今朝站在阳光里，冰破已然春水生。

2020 年 3 月 2 日

## 疫中马剑见寄西湖龙井

隔窗快递唤签收，别样心情上小楼。
湖上邮来春讯息，烹香啜绿解浓愁。

2020 年 3 月 16 日

## 上巳日晨起听鸟鸣

稀疏短促复悠长，清韵时来叩小窗。
避疫斋中枯坐久，心头向往是春光。

2020 年 3 月 26 日

## 玉兰花

带露扶风枝乱垂,远观桃李斗芳菲。
懒同园圃争花序,红紫纷然扫作堆。

2020 年 3 月 31 日

## 暮春听蛙

陂塘横野陌,宿雨喜初晴。
蒲草斜斜出,荷钱密密生。
花香千缕细,日暖一波平。
蛙鼓敲清韵,骚心已动情。

2020 年 4 月 12 日

## 观　钓

也钓天光也钓云,晴岚雨色各氤氲。
鸟虫自顾悄悄话,春水一池偶洗心。

2020 年 4 月 21 日

## 晚　春

年闲连两季，三月始忙人。
风染家山绿，茶煎谷雨春。
云头飞俚曲，垄上荡犁尘。
欣有呢喃燕，临门认老亲。

2020 年 4 月 17 日

## 客苏州黄耀良琴师抚《醉翁操》

姑苏河畔访深庭，如诉琴声侧耳聆。
谁继醉翁遗韵在？高山流水自泠泠。

2020 年 4 月 25 日

## 雾前所思

浓浓淡淡复重重，近水遥山幻似空。
诸事厘清原负累，心闲半在看朦胧。

2020 年 4 月 26 日

## 广场偶见黑松

披鳞原是栋梁材,青眼移来市内栽。
无意逢迎身扭曲,山中风雨忆襟怀。

2020 年 4 月 27 日

## 戏题木乃伊网照

枯槁形容一小堆,魂归千载未成灰。
也思物欲百年后,空剩皮囊问是谁?

2020 年 4 月 29 日

## 张生《蔷薇》次韵

倚墙不管雨和风,兀自点燃那片红。
春老独留香一脉,芳心欲寄问重逢。

2020 年 4 月 30 日

## 半日楼主人吴之兴莳四时之花，长年优游其间，予艳羡赋此

仕退身闲心未闲，捉思染翰意联翩。
吟中载酒偎红翠，半醉且于花下眠。

2020 年 5 月 1 日


## 遣　怀

恐负初心历世艰，书生无计返霜颜。
裁诗不作媚人语，假面虚情一例删。

2020 年 5 月 4 日


## 郊行过农家菜园

一畦春韭绿裁新，满架瓜秧近半身。
应识墒情含地气，人间烟火最相亲。

2020 年 5 月 9 日

## 浮　萍

陂塘散作满天星，乍起风波殊自惊。
漂泊生涯何所寄？幽幽开放绿心情。

2020 年 5 月 14 日

## 探病中岳父

苏北皖东如转蓬，扎根山镇寄情浓。
攒眉护士穿针久，手上枪疤几处同。

注：岳父 1948 年参加革命，1982 年创办安徽省首家敬老院，离休前荣获全国五一劳动奖章。

2020 年 7 月 7 日

## 温度计的启示

身小长怀一色银，世间冷暖最牵心。
我得相处和谐法，胸贮春风人自亲。

2020 年 7 月 8 日

## 书奉友人退休索诗

六旬幸未步蹒跚,画案瓷盅觅古欢。
心备蒲团常独坐,山房月色静中看。

2020 年 7 月 15 日

## 窗　外

乍晴还雨入梅时,仲夏琅琊涨碧池。
偶晾心情湿漉漉,蛙声一片闹催诗。

2020 年 7 月 17 日

## 庚子滁河防汛值夜

炎天临大暑,梅雨未曾收。
白浪多争路,乌云几蹭头。
木桩勤垒土,手电细巡沟。
一夜人声沸,安澜向海流。

2020 年 7 月 21 日

# 淮安二首

### 其一　瞻周恩来故居

革命离家终未回，乡音无改忆慈眉。
心忧天下海襟抱，两袖清风传口碑。

### 其二　过运河故道

帆迎南北贯京杭，茶木盐绸聚贾商。
往事钩沉风浪里，苍烟落照读沧桑。

2020 年 8 月 6 日

# 咏瀑布

仰观声势有来头，自诩人间第一流。
跌落台阶消泡沫，避光钻缝败图谋。

2020 年 8 月 12 日

## 咏 蝉

阔论仍嫌众不知,照搬老调借高枝。
秋风过后声何噤?无病呻吟岂是诗。

2020 年 8 月 13 日

## 过乌衣渡

如带清流看入神,绮窗半掩店蒙尘。
浮桥故事凭谁说,寂寞苔花做主人。

2020 年 9 月 9 日

## 鸡 汤

当年敌后救伤员,一碗鸡汤营养全。
今日鸡汤成泛滥,小儿念作口头禅。

2020 年 9 月 12 日

## 残 荷

横塘疏影叶低垂,孤鹜徘徊冷雨霏。
长忆清漪擎玉骨,风姿卓立不输梅。

2020 年 9 月 16 日

## 新置老花镜戏作

能看清时看不穿,南墙误撞总茫然。
一层镜片逃尘外,脸色从今何必观。

2020 年 9 月 21 日

## 让 泉

长慕醉翁名,溪琴月下鸣。
尘氛欣未染,遗世一清泓。

2020 年 9 月 28 日

## 生日述怀

齿逾五秩未知愁,霜鬓俨然小老头。
人海茫茫成历练,书山踽踽待遨游。
民生多难些捐力,世事不平一吐喉。
暂寄浮生敲俚句,经年诗债慢相酬。

2020 年 10 月 2 日

## 中秋节善斋见寄《当代诗词点评》

客里中秋天上看,月光挤破桂枝繁。
一番快读耽诗境,过节如加营养餐。

2020 年 10 月 3 日

## 体检归来

诸多往事已成尘,惊梦惟余半老身。
不屑机心同媚骨,B 超判我是完人。

2020 年 10 月 31 日

## 移家儒林湖晨起

萧瑟霜晨路,扶筇到水涯。
群凫惊出没,摇曳荻芦花。

2020 年 11 月 21 日

## 冬雨淅沥夜不能寐并寄柯生兄

故土今为客,无端惹梦频。
年来常忆旧,节至每思亲。
世味尝酸涩,生途咽苦辛。
披衣灯下坐,檐雨似乡音。

2020 年 11 月 28 日

## 十字镇冬日观钓

野外寒塘噪草虫,芦花来隐白头翁。
抛丝安坐由它去,俯仰人生各不同。

2020 年 12 月 15 日

## 安吉庄挑荠菜

闲田荒径竹篱笆,清浅陂塘映荻花。
冬日蜗居愁闷破,一篮春色挽回家。

2021 年 1 月 12 日

## 徐宏勤书法结集,嘱为之序,余愧不能应

莲姿竹影避嚣尘,笔墨消磨几度春。
料必青藤徐氏后,书家本色是诗人。

注:徐宏勤曾于《书法报》发表《同流不合污》一文,称赏者众。

2021 年 1 月 9 日

## 新获近僧牡丹图题句

近僧禅意写花魁,富贵眼前是亦非。
谁愿身贫直到老?当欣瘦骨未低眉!

2021 年 1 月 14 日

## 城市围墙

一道围墙不解谜,藏污纳垢好神奇。
如何绿色无生命?装扮层层是铁皮!

2021 年 1 月 26 日

## 七星公园雨雾看竹

油光石径鸟啁啾,牵袂绿丛赏静幽。
携此清凉长入梦,纷纷玉色解眉头。

2021 年 1 月 27 日

## 腊月廿七水仙花开

清姿照水绽仙葩,翡翠丛中朵朵霞。
唯有东君无贵贱,芳菲送入野人家。

2021 年 2 月 8 日

## 枕 书

浮生虚度俱成烟,每获新知胸豁然。
欲借桃源穿越法,拥书做枕晤前贤。

2021 年 2 月 24 日

## 春 雨

几时绿染万家知?透过雨丝看柳丝。
闻道打工人又去,风中点滴种相思。

2021 年 3 月 12 日

## 晚 归

新区入夜少嚣尘,虫曲蛙鸣听得真。
塔吊森森如魅影,灯辉相送打工人。

2021 年 4 月 9 日

## 微信朋友圈

远近亲疏事一堆,手机如笏上朝回。
朱批过把君王瘾,隐姓其中问是谁。

2021 年 4 月 10 日

## 排球与诗

扣球发力总凝神,媒体跟拍摁快门。
一二原为承起句,恰如仆地垫球人。

2021 年 4 月 11 日

## 无　题

屏中娱乐日纷纷，资讯无端挤进门。
埋首诗书求境界，修心一法在红尘。

2021 年 4 月 17 日

## 狗尾草

一径青葱点缀春，草尖白露冒浮尘。
全无心事来拘束，摇尾几曾羞煞人。

2021 年 4 月 18 日

## 咏　蝉

长夏飙歌充耳闻，千声一调剧伤神。
居高原是惊心处，黄雀螳螂步后尘。

2021 年 4 月 21 日

## 建筑民工

夜聚工棚侃大山,视频妻小叙方言。
双双粗糙种田手,也把高楼种上天。

2021 年 4 月 24 日

## 谷雨试茶

一叶轻盈泉水煎,红泥炉火袅茶烟。
春光着意收藏好,雨雪看她在眼前。

2021 年 4 月 26 日

## 虞姬墓之争

真假荒丘葬是谁,圈坟垒土树新碑。
几多烈士无人祭,偏借美人炒一回。

2021 年 5 月 1 日

## 长假景区见闻

零星拼假做悠游,始觉倾巢若涌流。
解数浑身行不得,镜头多半是人头。

2021 年 5 月 1 日

## 儒林湖观鹭

春潮吞岸草萋萋,碧水苍烟入眼迷。
群鹭相迎歌且舞,一声高复一声低。

2021 年 5 月 2 日

## 徐亚东系列名人造像观后

神州俊彦写难穷,事迹蔚成大国风。
一纸描摹神采聚,只因心底有英雄。

2021 年 5 月 3 日

## 长假遇外卖小哥

城区路巷认齐全,长假人圆汝未圆。
捎信家中催插稻,临行不误递新单。

2021 年 5 月 4 日

## 集　句

死不休因语不惊,好诗不过近人情。
敢为常语谈何易,半亩方塘水自清。

注：二三句引用袁枚、张船山语,一四句化用杜甫、朱熹句。

2021 年 5 月 4 日

## 门卫老人

斗室丈量几度秋,往来不厌探缘由。
每尝灯火酸滋味,笑指家乡山那头。

2021 年 5 月 14 日

## 地 摊

小摊一夜又开张,线脑针头南北腔。
虽是寻常和日用,人间烟火个中藏。

2021 年 5 月 16 日

## 午寐起作

一窗天籁惯随风,倚枕观书睡意增。
梦里清零多少事,醒来庆幸又重生。

2021 年 5 月 22 日

## 挽袁隆平院士

噩耗忽传不忍闻,荧屏处处拭哀痕。
从来温饱邦之本,水稻田头写论文。

2021 年 5 月 23 日

## 读金农墨梅图

疏影横斜为写真，怜她冰雪抖精神。
纸中花不随人谢，一缕幽香远市尘。

2021 年 6 月 13 日

## 茶　事

舀取清清水，烹来淡淡香。
心头浮翠绿，一啜对斜阳。

2021 年 6 月 14 日

## 读杜牧《张好好诗》

两种相思不用猜，轻摩手卷读幽怀。
少年心事何堪寄，驿馆梅花寂寞开。

2021 年 6 月 20 日

## 过西湖林逋墓

凋后西湖亦耐观,微身何幸葬孤山。
几番来吊诗人墓,明月梅花在故园。

2021 年 6 月 26 日

## 青 苔

园中次第渐知名,烂漫繁花每惹情。
一角悄然生意满,撑开地隙色青青。

2021 年 6 月 27 日

## 寄湴上林泉书院主人

有时归去有时来,游艺逃名亦乐哉。
临水羡他种梅树,一枝看作两枝开。

2021 年 7 月 4 日

## 屡闻墓地涨价

前村妪叟露愁容，病老恨无延寿功。
闻道陵园兴地产，九泉辨出富和穷。

2021 年 7 月 11 日

## 病中戏作

身朽奈何偶罢工，四肢乏力似悬空。
我来医病兼医俗，也作东篱诗酒翁。

2021 年 7 月 18 日

## 临池口占

莫道自家陋且痴，余生临帖不嫌迟。
工书须学阴阳法，欹正密疏顾盼之。

2021 年 7 月 22 日

## 晨诵《心经》

晨间日课慢吟成,暗室生光一盏灯。
欢喜油然心底溢,推窗清爽满襟风。

2021 年 7 月 25 日

## 建筑工人

早班迎旭日,向晚已身疲。
微信妻和子,高楼水与泥。
离家千里地,归梦几重溪。
最忆工棚雨,粗茶对象棋。

2021 年 7 月 26 日

## 朱荣贤见寄《林泉寄兴》画集

十五年间一笑过,人生风雨总相磨。
宋元取法开新面,丘壑罗胸意蕴多。

2021 年 7 月 28 日

## 题《随园诗话》卷后

案头诗话又摩挲,自愧才情差几何。
恨不门墙长侍立,一番裁剪付吟哦。

2021 年 8 月 1 日


## 立秋日闻蝉

浓荫枝上觅清幽,高处原知有隐忧。
欲借长鸣赢瞩目,生涯不过到深秋。

2021 年 8 月 7 日


## 摊　书

当年应试恨无聊,题海爬梳几尺高。
此日摊书吟欲醉,联翩浮想品诗骚。

2021 年 8 月 8 日

## 雨眺儒林湖

聚散烟云有若无,村郊雨意在平湖。
嗟人到处寻仙境,入眼分明水墨图。

2021 年 8 月 17 日


## 咏 枫

岭上云边一片红,独辞百卉舞秋风。
世间熙攘繁华处,谁解严霜砥砺功?

2021 年 8 月 21 日


## 咏 根

地下沉埋匍匐行,石拦足踏任无情。
百般滋味皆成药,对症炎凉不计名。

2021 年 8 月 22 日

## 流浪猫

懒腰投惯美人怀,笑鼠每因生计哀。
一夜拆迁空复静,悲鸣故地久徘徊。

2021 年 9 月 5 日

## 中秋拾韵

金禾初孕穗,白菊正摇英。
露水湿蜩语,秋风送雁鸣。
重阶堆叶乱,叠瀑入潭清。
桂杪一轮月,平添故土情。

2021 年 9 月 7 日

## 丝 瓜

黄花点缀野村蹊,一袭青衫任意栖。
纵是朱门多不赏,经纶满腹隐穷黎。

2021 年 9 月 25 日

## 晚　菊

篱边苦守吐幽芬，幸有南山寄梦痕。
冷蕊疏枝无媚态，清霜恰好洗襟尘。

2021 年 9 月 26 日

## 辛丑贱辰书怀

意气消磨尽，浮生自有涯。
光阴头上雪，名利掌中沙。
寄梦随云雁，避嚣类井蛙。
尘心犹未了，诗酒在山家。

2021 年 10 月 4 日

## 常山道中

盘旋出没势如蛟，烟壑秋林行路遥。
莫喟前程临困境，迂回坎坷已登高。

2021 年 11 月 2 日

## 试穿老妻手织线衣

岁月消磨少女颜,心思常在米油盐。
灯前新置老花镜,织进唠叨最御寒。

2021 年 11 月 7 日

## 次韵顶光上人《禅居》

青灯黄卷自年年,幸有空身尚未捐。
风月鸣禽皆胜友,天机流露本无言。

附:顶光上人《禅居》原玉:"退居挥忽几经年,自恐虚将岁月捐。幸得经禅书道伴,会心之处已忘言。"

2021 年 11 月 12 日

## 橡皮图章

短柄平头蘸赤泥,方圆并用写传奇。
关乎命运一张纸,千诺遂成厚脸皮。

2021 年 11 月 18 日

## 安吉村晓起

薄雾藏深谷,枯芦覆浅塘。
山居谁醒早?禽鸟乱啼窗。

2022 年 2 月 16 日

## 人日初雪

潇洒庭除惹雅思,沿塘弱柳变琼枝。
应酬竟日词枯窘,偶得新春第一诗。

注:人日,正月初七。典出晋董勋《答问礼俗》和唐高适《人日寄杜二拾遗》。

2022 年 2 月 8 日

## 题林泉书院绿梅

### 其一

几经冰雪伴寒风,疏影横斜照水中。
瘠土安身仍抖擞,亦如瘦骨主人翁。

### 其二

自古爱梅人最痴,画师独写两三枝。
繁花寂寞开寒夜,应有幽人月下知。

注:幽人,隐居之人。语出唐韦应物《秋夜寄丘二十二员外》:"山空松子落,幽人应未眠。"

2022 年 2 月 19 日

## 老 屋

石阶柴院一篱分,到处斑斑屋漏痕。
孑立桐阴追往事,几回归去母迎门。

2022 年 3 月 2 日

## 早春拜读青岛刘翁同题新词口占

三天两赋忆江南,烟雨蒙蒙湖上船。
瘦影推敲吟复醉,诗情逼退倒春寒。

2022 年 3 月 15 日

## 春 分

无力东风柳袅依,菜花深处几行犁。
纷纷雨后虫声应,绿色篇章正破题。

2022 年 3 月 17 日

## 客 至

愧我攫浮名,生疏戚友情。
围裙添灶火,择菜煮鱼羹。
盏洗白瓷净,茶分绿意盈。
春风邀入座,一笑酒杯倾。

2022 年 3 月 20 日

## 快闪《我爱你,中国》

无端心海起波纹,鸽哨一群掠紫宸。
自问微躯何所愿?添砖加瓦献余温。

2022 年 3 月 23 日

## 雨中过葡萄泉

山根路尽一溪横,浮翠茶园云雾生。
庄户春眠无犬吠,雨声如约和泉声。

2022 年 3 月 26 日

## 清流关

苔阶藤壁访清幽,绿树摇风鸟自啾。
故事千年传野老,逶迤驿路思悠悠。

2022 年 3 月 30 日

## 柳　絮

花开蝶引恋春阳，飘洒招摇作雪狂。
未历苦寒无峻骨，纷纷残雨坠泥塘。

2022 年 4 月 7 日

## 儒林湖观雨

真羡山家傍水居，鹭穿斜雨绿风徐。
浮生难得身闲日，贪看澄湖接太虚。

2022 年 4 月 8 日

## 野　竹

餐风饮露岂身倾，劲节每成天籁鸣。
我把一丛移院角，潇潇夜雨听民声。

2022 年 4 月 13 日

## 偕友清流河溯源

穷源徒步闯山阿,一路欢声一路歌。
史迹钩沉搜野老,尘劳尽洗母亲河。

2022 年 4 月 19 日

## 立　夏

敲窗蛙鼓密,拂面暑风轻。
谁借连宵雨,荷钱撒似星。

2022 年 4 月 28 日

## 徽州晒秋

沿坡黛瓦马头墙,夜枕鸣泉好梦长。
迟到西风山阻隔,斑斓五色慢收藏。

2022 年 5 月 2 日

## 菜 农

满沾鞋裤尽泥灰,紧嘱村人早早回。
闻道封城逾半月,农家蔬菜解燃眉。

2022 年 5 月 3 日

## 寄冷庐

人生如旅一囊轻,过眼方泯未了情。
行脚原同尝世味,炎凉画寓四条屏。

注:冷庐,知名花鸟画家,性嗜远足。

2022 年 5 月 3 日

## 陪岳母聊天

不堪回首旧年华,唤起童心看落霞。
晚岁邀来楼上住,女儿家是你的家。

2022 年 5 月 4 日

## 题梁士军先生《牡丹图》

芸窗笔墨即生涯，倚石皴枝簇簇花。
画面清风来袖底，犹祈富贵到人家。

2022 年 5 月 17 日

## 惊　蛰

一自东风顾，田塍遍草芽。
惊雷沉似鼓，酥雨密如麻。
渐渐泥松动，悄悄虫起哗。
清晨新笋出，露湿几声蛙。

2022 年 5 月 24 日

## 雨　荷

谁遣清凉拂面来，亭亭玉立绝尘埃。
多情偶尔因风恼，摇落明珠一万枚。

2022 年 5 月 31 日

## 微雨散步

清晨一路草虫鸣,恐扰芳邻脚步轻。
经历几多风雨后,纵然微雨视如晴。

2022 年 6 月 5 日

## 无 题

往事悠悠不忍提,向来木讷误良机。
人生设定拼图里,苦辣酸甜欲凑齐。

2022 年 6 月 6 日

## 自 嘲

午夜灵魂看肉身,浑浑噩噩面生尘。
枕边书有两三卷,差可区分物与人。

2022 年 6 月 8 日

## 六月十八日与善斋书

诗癖生来爱打油,腹中枯俭每挠头。
苦吟奥秘何人识?解似传球再扣球。

2022 年 6 月 18 日

## 清明忆母

又是一年墓草青,弯弯乡路雨飘零。
乳名从此叮咛少,电话那头无接听。

2022 年 6 月 21 日

## 亲历皖江文物资源调查口占

燠暑驱车访寨乡,先贤遗迹半消亡。
长江文化源流古,盘点同谋兴皖方。

2022 年 7 月 13 日

## 大暑日读古诗

池蛙频击鼓,呆日愈蒸楼。
柳线慵无力,荷裙倦有愁。
穿堂风缕缕,平水韵悠悠。
怀抱清凉意,品茶似品秋。

2022 年 7 月 23 日

## 大暑翌日山寺避暑

百屋参差一殿崇,久违蒲扇慢摇风。
竹深树密传清磬,围坐山僧说色空。

2022 年 7 月 24 日

## 外卖小哥

入楼小跑汗晶莹,每接新单盼好评。
口渴自携凉白水,匆匆背影不知名。

2022 年 7 月 26 日

## 安吉村长夏

平生唯爱静,向往是林泉。
树密聆蝉语,云低看雨翩。
香荷如散麝,幽涧似鸣弦。
时枕清凉句,耕心在砚田。

2022 年 7 月 31 日

## 追和高骈《山亭夏日》

摇窗竹影细犹长,蛙鼓蜩鸣隔柳塘。
卧簟贪凉人睡足,书香隐隐带荷香。

2022 年 8 月 3 日

## 七夕新题

如此姻缘史可书,绝情王母老糊涂。
从今不必鹊桥会,过往神舟搭便车。

2022 年 8 月 4 日

## 蝉　歌

树密枝高叶泛青，一支单曲未曾停。
同声附和由来久，逭暑聊当丝竹听。

2022 年 8 月 14 日

## 忆儿时捡麦穗

犹记课余伙伴邀，捡来麦穗与童谣。
平生自诩骨头硬，却向农田屡折腰。

2022 年 8 月 27 日

## 咏　蚕

自缚偏偏取笑人，无私桑叶暗铺陈。
半生躺在功劳簿，丝缎多穿富贵身。

2022 年 8 月 28 日

## 邻翁自嘲

年高忍辱做房奴,诗与远方笑半途。
相守老妻赊散酒,杯倾人事看模糊。

2022 年 9 月 3 日

## 谒采石矶李白衣冠冢(一)

中断天门泄怒涛,东游终此忆风骚。
情怀浪漫如江水,带月连诗一起捞。

2022 年 9 月 5 日

## 白 露

迎凉惊节序,出户醉秋丛。
一径蛩声里,四围树色中。
露从今夜白,目接夕阳红。
摇曳东篱菊,幽怀对雁空。

2022 年 9 月 8 日

## 郊行见残荷

林涧奏清音,横塘立野禽。
枯荣皆幻象,秋水鉴秋心。

2022 年 9 月 27 日

## 重阳翌日晨兴

小圃蛩鸣菊放花,山家耕读即生涯。
倚门非独聆天籁,目送云边雁字斜。

2022 年 10 月 5 日

## 秋窗独坐

经霜摇曳尽黄红,瘦叶轻旋飒飒风。
应谢乡邻分菊酒,清秋滋味在壶中。

2022 年 10 月 7 日

## 听　秋

归雁成行过院庭，鸣蛋断续叩窗棂。
乡亲垄上镰挥动，我道秋声最好听。

2022 年 10 月 14 日

## 霜　降

烟渚芦梢白，枫林叶底红。
悄声谁泼彩？赏菊绽秋风。

2022 年 10 月 23 日

## 访卢沟桥

来谒长桥步履沉，石狮百态迓游人。
膺中屈辱难挥去，残壁斑斑认弹痕。

2022 年 10 月 24 日

## 工 棚

难觅天伦乐,渐生烟火浓。
窗沿淋小雨,墙缝灌凉风。
白日灰遮面,夜时酒对灯。
一帘隔世界,残月照工棚。

2022 年 10 月 27 日

## 雪花吟

深冬孤旅向天涯,覆麦滋苗泽万家。
清白一生何短暂,琼枝玉树胜观花。

2022 年 12 月 17 日

## 重读《聊斋》

聊斋故事百回听,鬼怪居然见性情。
世态炎凉经历后,一灯闲读到天明。

2023 年 1 月 5 日

## 送灶翌日看雪

轻盈朵朵白无瑕,飞入春头百姓家。
堪笑人工多匠气,撒欢邻犬画梅花。

2023 年 1 月 15 日

## 墨　梅

三友蜚声自解嘲,只于冰雪证孤高。
立身墙角花无媚,缕缕寒香遣寂寥。

注:三友,即岁寒三友梅、竹、松。

2023 年 2 月 4 日

## 过故乡柿园

乡音未改已成翁,闾巷民风与昔同。
怕我归来迷失路,高悬一树小灯笼。

2023 年 2 月 9 日

## 安吉村梅园口号

苔泛星星绿,花开树树红。
新诗犹带翼,鸢纸欲扶风。

2023 年 2 月 18 日

## 笋

拱破泥胎第几重,半栖石罅半栖风。
生来即抱云天梦,根脉深潜曲若龙。

2023 年 2 月 22 日

## 林泉书院绿梅题照

疏影暗香临水姿,凌寒风骨每题诗。
非无浪漫宜邀月,贪看春天第一枝。

2023 年 2 月 23 日

## 雨霁探欧梅

隔院泉声近,轻阴半掩门。
开园香隐隐,落瓣雨纷纷。
曲水浮新绿,东君洗旧尘。
干云清气在,惠我一枝春。

注:欧梅,传为北宋欧阳修手植,位于醉翁亭西侧。

2023 年 2 月 12 日

## 题白米山人写生梅花

琼枝玉蕊绝凡尘,墨笔泅开自有神。
细数花期伊最久,头年冬到次年春。

2023 年 2 月 26 日

## 蜂　农

排开队列搭蜂房，一顶帐篷走四方。
陶醉芳丛贪美色，人称我是探花郎。

2023 年 2 月 27 日

## 过襄河怀吴敬梓

文木山房影在河，几回桃汛泛春波。
先生一去孤帆远，从此儒林故事多。
注：文木山房系全椒吴敬梓故居书斋。

2023 年 3 月 5 日

## 春　分

窗外家山绿意稠，陂塘烟雨读清幽。
垂丝杨柳抛春饵，唯有诗人上钓钩。

2023 年 3 月 21 日

## 门卫老人

挨过寒潮紧咬牙,招呼人事密如麻。
花生佐酒当门饮,万户千灯不是家。

2023 年 3 月 25 日

## 陪薛时雨嫡孙薛企荧教授谒醉翁亭

古道花繁迓好春,钩沉往事半成尘。
扪碑默诵名亭记,六一文章泽后昆。

注:清咸丰三年(1853 年),太平军过滁,醉翁亭劫后沦为废墟。同治十一年(1872 年),薛时雨多方奔走募资,主持重建醉翁、丰乐二亭。

2023 年 3 月 30 日

## 井 蛙

深居犹满足,平躺已经年。
偶过半轮月,唯知一米天。
发声无异议,跳水有微涟。
眼耳功能失,晨鸡破梦圆。

2023 年 4 月 2 日

## 夏日鸣蝉

长短吟来若宋词,流连树影夕阳迟。
岂夸凡事都知了,恐有天机尔不知。

2023 年 4 月 4 日

## 自 嘲

青灯黄卷每忘贫,究竟糊涂过五旬。
孰道书生无一用?笔耕赚得满头银。

2023 年 4 月 7 日

## 观黄进《华山挑夫》抖音得句

步履蹒跚屡换肩,凌空仄径半身悬。
人间汗水值多少?日子担来欲问天。

2023 年 4 月 11 日

## 明湖拾韵

### 其一 明湖晚眺

闻道滁南景色殊,迩来觅句赏平湖。
轻舟犹唱渔歌子,一网打捞夕照图。

### 其二 明湖雨霁

烟雨亭台看有无,波光山色景难摹。
多情柳线牵人袂,长沐清风听雁凫。

### 其三　阳明堤口号

长堤漫步鸟啁啾，宛若桃源云水柔。
身侣烟霞浑忘返，声声欸乃唱渔舟。

### 其四　滁阳阁鸟瞰

画阁滨湖照影来，掠波苍鹭舞徘徊。
谁磨玉镜窥霞色，柳岸芳菲一卷开。

2023 年 4 月 21 日

# 滁州菊农索句

清品何输陶令菊，芳心已许醉翁泉。
奢将白玉镶花蕊，长羡山家几亩田。

　　注：欧阳修（号醉翁）谪滁，流连让泉、幽谷泉，并见诸诗文。

2023 年 4 月 22 日

## 重读《桃花源记》

桃花尽处水潺湲,阡陌田家小洞天。
皇帝管他谁个做,生无徭役乐忘年。

2023 年 5 月 11 日

## 寄宋庄画友

久客京华逐梦行,几回夜晚数星星。
能调画布缤纷色,唯有乡思画不成。

2023 年 5 月 23 日

## 消夏图

短袖竹床摇扇轻,桐阴对弈每敲枰。
儿童散学犹多趣,围逗草虫鸣几声。

2023 年 5 月 24 日

## 陪妻美发

柴米油盐灶火熏,持家琐事日纷纷。
纵然白发焗能染,无计熨平鱼尾纹。

2023 年 5 月 24 日

## 寄株洲左建军先生

神交良友未嫌迟,君爱楹联我爱诗。
文字修行风雨路,相知堪比醴陵瓷。

2023 年 6 月 4 日

## 题诗稿后

笔底心花寂寞开,孤芳自赏意新裁。
流年看作幻灯片,别样鸡汤给未来。

2023 年 6 月 6 日

## 露　珠

花草曾同一夜情，托身缱绻到天明。
是谁走漏风消息，无奈见光又误卿。

2023 年 6 月 7 日

## 悼黄永玉先生

百年世味阅沧桑，夜雨牛棚忆凤凰。
一鹤飘然江海去，笑声留在万荷堂。

注：黄永玉，著名画家，祖籍湘西凤凰县，斋号万荷堂，享年 99 岁。

2023 年 6 月 16 日

## 晨眺西涧

薄雾初收绿意稠，群鸥来往戏清流。
渔人径向芦湾里，柳线长长系钓舟。

2023 年 6 月 17 日

## 江南友人寄茶

款款春风细剪裁,茶娘拨雾赛歌回。
眼前一抹家山绿,品出乡愁味道来。

2023 年 6 月 20 日

## 题吕雪冰画荷

田田翠盖立烟波,掩碧藏红意若何?
满纸清凉消暑气,犹闻舟子采莲歌。

2023 年 7 月 22 日

## 山居自题

视力昏花有似无,老来人事看糊涂。
漫开户牖听云雀,赖有山风进草庐。

2023 年 7 月 23 日

## 冬闲见犁铧

锈迹斑斑身落灰,耘田每伴日西垂。
解绳小憩南窗下,犹待春耕一记雷。

2023 年 7 月 27 日

## 示邓少剑印友

长立冯门雪,荣归梓里田。
扪碑时有悟,秉烛夜无眠。
雕印如雕己,惜阴亦惜缘。
勤耕方寸地,留白听余弦。

注:冯门,邓君北漂期间拜于冯宝麟先生门下。

2023 年 7 月 28 日

## 琅琊山遇雨

捎来雨意一溪淙,渐起烟岚隐古松。
如此淋漓谁执笔?皴开水墨两三峰。

2023 年 8 月 1 日

## 题王绪岩戎装旧照

心系柳营岁月匆,投身不负国旗红。
金瓯无缺霜雕色,正步铿锵脚带风。

2023 年 8 月 2 日

## 公园晚步

华灯传舞曲,深树奏鸣虫。
背影谁归晚?扫街环卫工。

2023 年 8 月 3 日

## 荷塘消暑

分明无数伞，翠盖沐清凉。
蛙鼓敲闲适，藕丝忆漫长。
蜻蜓犹小立，白鹭自轻翔。
叶底时光慢，沾衣淡淡香。

2023 年 8 月 4 日

## 题徐亚东《袁隆平》画像

陌上田间总俯身，多才饶趣性情真。
乘凉禾下平生愿，饭碗端牢十亿人。

2023 年 8 月 6 日

## 观　钓

暮秋风瑟瑟，曲岸水悠悠。
波映芦花影，相看两白头。

2023 年 8 月 9 日

## 谒采石矶李白衣冠冢（二）

坟丘斜枕土堆成，高处诗情蓬勃生。
仙骨天然难俯仰，江声日夜是吟声。

2023 年 8 月 11 日

## 中秋前夕偶识打工人

难掩倦容与土腔，奔波日子一肩扛。
不眠犹在清辉夜，桂影平分小月窗。

2023 年 9 月 5 日

## 秋日山行

半山红色半金黄，雁阵长鸣过苇塘。
一幅天工秋画卷，几行落款是村庄。

2023 年 9 月 25 日

## 咏邓世昌

致远沉沙恨未休,英雄蹈海写风流。
忠魂已补金瓯缺,长使精神天地留。

注:致远舰系邓世昌所率指挥舰,在中日黄海海战中虽弹尽舰伤,仍猛撞敌舰吉野号,被鱼雷击中沉没。舰上 200 余名官兵壮烈牺牲。

2023 年 9 月 27 日

## 咏　菊

花灿枝头犹带霜,秋风共舞傍篱墙。
相逢陶令怜知己,长隐南山独抱香。

2023 年 10 月 15 日

## 归 雁

云路何辞远,迎寒复历霜。
生涯时聚散,世态惯炎凉。
莫许耽秋色,未曾恋野塘。
孤鸣谁会意?径向海天翔。

2023 年 10 月 4 日

## 访浦口永宁知青点

木耙水车和纺锤,肩挑手刈战荒圩。
当年糗事何堪忆,我向青春敬一杯。

2023 年 10 月 13 日

## 《晒秋》题照

辣椒玉米串房檐,竹匾藤筐趁好天。
莫喟凌寒山水瘦,时光沉淀见斑斓。

2023 年 10 月 20 日

## 癸卯暮秋旅次九天峰步冷庐韵

峰回路转鸟声幽,别有洞天云水柔。
也效题词红叶上,浮生暂寄做诗囚。

2023 年 10 月 28 日

## 陪冷庐善斋二友重访清流关

文缘所系做清游,落木萧萧立晚秋。
剔藓扪碑犹识句,史书一册宋开头。

注:公元956年,赵匡胤率部破李璟兵十五万于清流关,生擒南唐守将皇甫晖、姚凤。此役为宋朝建立奠基。

2023 年 10 月 29 日

## 应邀赴天长善斋千金婚宴

徐府开筵庆大婚,T台离手拜娘恩。
吾家有女曾催嫁,一别竟如丢了魂。

2023 年 11 月 21 日

## 病中琐记

手术醒来肢尚全，浮生一病始得闲。
窗前黄叶知秋尽，眼底红丝侍榻繁。
白发疏疏添暮气，青春历历化云烟。
吊瓶输液声如漏，已惯诗书倚枕眠。

注：余 2023 年 11 月 8 日实施胆囊切除手术，书生胆小，余生愈无胆可仗矣。

2023 年 11 月 11 日

## 野菊花

吐蕊分明一抹霞，绕篱绽放野人家。
我来独赏霜风里，只恐开花即落花。

2023 年 11 月 23 日

## 大雪日观残荷

初临花盛叶团团，再至堪怜荷已残。
怎奈时光回不去，繁华只作一时看。

2023 年 12 月 7 日

## 卵　石

悬崖跌落胆魂惊，逐浪随波万里行。
世路回眸堪一笑，几多棱角已磨平。

2024 年 1 月 8 日

## 小寒后三日蜡梅花开

覆雪方知腊月中，横斜疏影画难工。
寒山偶有痴人至，一树梅花寂寞红。

2024 年 1 月 9 日

## 听九旬邻居聊天

回忆当年不胜哀,欲炊无米满愁怀。
如今自诩九零后,一抹斜阳吻上腮。

2024 年 1 月 15 日

## 岁 杪

日历翻开剩不多,无声岁月叹蹉跎。
消磨长有诗笺在,吟作春声涨满河。

2024 年 1 月 21 日

## 农家过年

灶神祭罢屋除尘,守岁无关富与贫。
相映窗花双剪燕,围炉坐等打工人。

2024 年 2 月 1 日

## 落　雪

银河倾覆似无凭,身入红尘犹自矜。
宁与梅花同季节,性情远俗冷如冰。

2024 年 2 月 5 日

## 朱永平馆长招游尊胜禅院

深秀庵山远市嚣,钟声隐隐入云霄。
恐人久醉清凉界,一路鸣泉做地标。

注：尊胜禅院坐落于安徽来安县城北大庵山西麓,以院藏曹寅碑刻闻名,山门有八百年银杏一株。朱永平时任来安县博物馆馆长。

2024 年 2 月 20 日

## 正月十五日雪霁

素裹红装看雪姿,天心月满正宜诗。
殷勤最是梅消息,秀出春风第一枝。

2024 年 2 月 25 日

## 暮冬口占

雪消冬野喜晴初，一笑流年霜发疏。
何处时光堪细嚼？窗边梅与枕边书。

2024 年 2 月 26 日

## 咏　筷

长伴蔬香兼饭香，曾经苦辣与炎凉。
一双怜尔身躯瘦，却把人间百味尝。

2024 年 3 月 12 日

## 山居油菜花开

农田孰使变花田，蜂蝶围观戏陌阡。
怜我为文贫太甚，铺金一路到窗前。

2024 年 3 月 13 日

## 咏爆竹

身经世俗岂无情,百姓喜悲频发声。
志在青云终不悔,一心奔赴大光明。

2024 年 3 月 16 日

## 花朝节前四日见旧岁残荷

三五相依影短长,支离文字水中央。
繁华脱尽留奇骨,隐隐风来犹散香。

2024 年 3 月 17 日

## 过清流关

南唐故事已成尘,驿路弯弯乱石皴。
料是升平时日久,往来不见守关人。

2024 年 3 月 23 日

## 纳 凉

闲倚石条桌，慢斟瓜片茶。
摊书敲字句，飞蝶绕篱笆。
偶做林泉隐，长聆涧水哗。
阳光筛密叶，印我一身花。

2024 年 3 月 24 日

## 宿桐城挂车河胡大介先生老宅

惯于野径步当车，朝夕田园祖屋居。
为听泉声开户牖，清风入榻乱翻书。

2024 年 3 月 27 日

## 初上庐山

群山叠翠赏清幽，万顷烟波养眼眸。
为识庐山真面目，缆车送我立峰头。

2024 年 3 月 31 日

## 与鸟对话

破闷如私语,衔来一日新。
人间多世故,枝上乐天真。
沐雨相偎暖,营巢不计贫。
凭窗常对晤,应谢做芳邻。

2024 年 3 月 29 日

## 清明祭母

步履沉沉桑梓行,漫天冷雨落轻轻。
膝前真悔撒娇少,从此无人唤乳名。

2024 年 4 月 3 日

## 谷雨日赏王绪岩《琅琊紫藤》美照

回廊暂坐远嚣尘,隔树莺啼不避人。
风动一帘悬紫瀑,香浮几处看阳春。

2024 年 4 月 19 日

下卷 楹联

## 庚子春联

### 一

牛尾犁开春画卷，
鼠须笔写虎文章。

### 二

事业深耕防鼠目，
蓝图早绘跨龙头。

## 山东舰入列

舰载雄鹰风入抱，
塔迎旭日海扬波。

## 中楹会八代会召开

几代人凝心聚力，
两行字拄地撑天。


## 残　荷

满擎不掩草虫曲，
独立犹听风雨声。


## 题章益故居

学贯中西，重教尊师担道义；
声蜚沪鲁，博闻清品续家风。

## 夜雨遣怀

急缓敲窗听有韵,
浅深阅世忆无眠。

## 题顶光上人心园

祖田几亩躬耕地,
秋水一湾小隐居。

## 章益故居鸣秋阁

一窗竹叶分蕉叶,
五夜烛光伴月光。

## 滁州西涧观潮阁牌坊

赏景且登楼,有趣时一轮月色;
当街堪取静,无人处几度潮声。

## 题章益故居东园

汲水烹茶,浑无俗虑;
邀山入座,偶有闲情。

## 己亥除夕访冷庐

座有春风,鼠须皱妙笔;
胸无俗事,麈尾助清谈。

## 全椒民俗"走太平"

梅花垄上燕身姿,衔来喜讯;
爆竹声中春脚步,走出精神。

## 兴化郑板桥故居

非故非亲,持温和面目;
亦诗亦画,写抖擞精神。

## 题全椒观海堂

座有春风樽有酒,
石观海气玉观辉。
注:观海堂经营玉石字画。

## 奉题领英留学机构

胸襟久蓄云中志,
视野新吹海外风。

## "江源泰"商号旧址

巷内有遗风,残墙剔藓寻文脉;
门前无别屋,老店为邻做地标。

## 北湖路亭

几树鸟声,乱跟人语;
四围山色,长供神游。

## 五十初度自题

少壮梦千回，不过功名利禄；
半衰人一个，终归诗酒田园。

## 挽王晓东兄

尽职尽心，噩耗忽传惊晓梦；
同年同月，遗容长忆对东窗。

注：王君生前系天长市文物所副所长，2020年2月28日值勤时突发心肌梗死离世。其与我同庚。

## 自　嘲

中岁无成，沦为骚客；
晚节不保，判作房奴。

## 自 勉

半生试问可营巧,
一日当惭未读书。


## 来安尊胜禅院

玉泉石碣,长留梵迹;
锡杖芒鞋,莫负烟霞。


## 题全椒龙虾

紫气浮襄水,
红袍唱皖风。

## 吊西湖林和靖墓

千载逸闻,鹤子梅妻非俗境;
一湖风月,柳阴荷雨是诗媒。

## 包公祠

贪利贪名,铡刀三口何嫌少;
拜神拜鬼,官帽千家不识多。

## 村居早晨

磅礴而生,晓日拨开霞雾起;
呢喃互答,山窗放入鸟声来。

## 奉题董芊羽小友

葱芊十亩青云起,
丰羽一朝彩凤翔。

## 赠黄山吴之兴

炉边酒,枕边书,乐之清福;
园里蔬,闾里俗,耽此尘缘。

## 琅琊山

山行六七里,古意绵延,东晋而来名鹊起;
亭构一千年,文华迢递,中都以降客蜂拥。

## 普陀山

方舟可渡人,深蓝环岛掀潮韵;
身欲宜除垢,空翠满山沐梵音。

## 九华山

莲花世界真空境,
钟磬寰间久绝尘。

## 峨眉山

九天云海浮金顶,
万丈红尘种慧根。

## 泰　山

险途十八盘，好汉拾阶堪练胆；
爽目百千壑，天街移步若凌虚。

## 黄　山

旅客画中行，松径偶听钟鼓响；
银河天外落，云峰但见瀑泉流。

## 老花自题

昏眼时生春岭雾，
灵思偶荡砚田潮。

## 题马鞍山薛家洼

浩淼江波云枕水,
连绵苇岸鸟谈天。

## 郑板桥故居拥绿园

竹影几丛消暑气,
荷风一脉养冰怀。

## 亳州曹操地下运兵道

横槊赋诗,寰中绝唱;
出神没鬼,地下长城。

## 采石矶李白衣冠冢

星曾陨处,捉月投江留醉影;
仙昔来时,登矶访古唱幽怀。

## 皖南川藏线赏秋

天路入云端,红黄穿越两重境;
民居栖野麓,山水攀援六道湾。

## 赠西湖马剑先生

马蹄遍踏黟山道,
剑胆长怀君子风。

## 赠马鞍山蔡修权教授

苦甘修炼眼前笔,
利弊权衡身后名。

## 辛丑春帖

一

早绘蓝图添虎翼,
深耕事业奋牛蹄。

二

牛劲须兼牛步稳,
眼光总比眼眉宽。

三

年灶忙敲圆舞曲,
窗花喜剪牧牛图。

## 四

谋篇牵住牛鼻子,
做事提防蛇尾巴。

## 五

杏雨一犁牛入垄,
霞光万缕燕回门。

## 六

一树梅花春出彩,
千门福字乐开怀。

# 张德林嘱题冯培德院士八十寿

山瘦更培秋后桂,
德清皆誉雪中梅。

注:上联集唐皮日休句。

## 挽袁隆平院士

情系三农,世称隆誉杂交稻;
恩推九域,碑泐平川繁育功。

## 中共百年华诞喜赋

破浪红船,棹启南湖肩使命;
垂名青史,心依北斗指航程。

## 父亲节

持家何默默,
挑担总沉沉。

## "福彩杯"春联

### 一

迎新瑞气连福气,
开好春头接彩头。

### 二

窗剪五福春骀荡,
霞铺七彩岁温馨。

### 三

福字窗花红染遍,
彩云春水绿铺平。

## 题西湖林逋墓

诗酒相娱,飘来清影云中鹤;
林泉堪隐,浮动暗香月下梅。

## 题辛丑中秋节

桂梢已探圆圆月,
疫后相迎爽爽风。

## 戏题蜗牛

负重前行,蜗角襟怀宜放大;
仰高长叹,人间楼市总攀奢。

## 壬寅春帖

一

双剪窗花添虎翼,
一犁春雨印牛蹄。

## 二

虎行雪地迎冬奥，
楼映红联祝大年。

## 三

欣辞旧岁留牛劲，
速启新篇亮虎威。

## 四

一路顺风持绿码，
千家贺岁抢红包。

## 五

围炉守岁人相聚，
催虎报春梅自开。

## 六

灯笼高挂贺新岁，
米酒满斟敬故人。

# 红绿灯

规存心底须深践,
路在眼前且慎行。

# 夏

峪深山隐谷,
雷近雨滋田。

(折字联,与周文忠合作)

# 秋

长空雁叫诉霜冷,
异国乡思盼月圆。

## 题时代楷模张桂梅

预支丧葬费，培土育苗，学子三秋成桂子；
再造梦工场，栉风沐雨，校园一度是梅园。

## 公筷行动

佳肴当飨佳宾，斟杯紧嘱隔离线；
美食犹存美意，上桌先防传染源。

## 冬

一

黄叶沉溪凝琥珀，
红梅映雪点胭脂。

（与青岛刘燕生合作）

## 二

雪地留痕,狗印梅花鸡印竹;
霜天闻鼓,舟迷野渡月迷津。

（与人合作）

## 题文艺院校

知也无涯,呼学士层楼再上;
笔之有趣,摹烟云片纸恒留。

（与湖南左建军合作）

## 婚　联
（女方母女同属鸡）

花簇花,花招彩蝶,佳偶天成《花弄影》;
凤生凤,凤立高桐,今朝喜唱《凤还巢》。

（与青岛刘燕生、广东张海源合作）

## 致高考学子

学府三年,三更灯火五更鸡,志存高远;
图书半壁,半日文章终日益,窗透晴明。

(与辽宁许华凌合作)

## 岁杪感怀

虚度一年,无情岁月增中减;
闲开数卷,有味诗书苦后甜。

## 题黄埔军校

立军门,问江潮起落,东流西去?
铭武训,系家国存亡,血洒颅抛!

(与青岛刘燕生合作)

注:军校面临珠江,江水东流入海。每至潮汐,海水倒灌,珠江掉头向西,故有"东流西去"奇观。此暗喻革命道路的抉择。

## 刘太品先生诔词

廿载编书,作品丰盈留细品;
三冬驾鹤,楹联零落恸失联。

注:刘太品,中国楹联学会常务副会长,主持编纂《中国楹联集成》《清联三百副》等,2022年1月14日因病逝世,年仅58岁。

## 无 题

逝矣庄周,题壁西亭《蝴蝶梦》;
悲乎弃疾,咏怀北固《鹧鸪天》。

(与青岛刘燕生合作)

## 贺书家徐宏勤加入安徽省作协

逆境催生多面手,
温情感染一群人。

## 题供电公司

高塔凌云衔丽日，
巧梭织线送祥光。

## 题北京冬奥会

擦掌摩拳，四海健儿争折桂；
驭风斗雪，五环旗帜笑迎宾。

## 倪进祥嘱题宝应县氾水牌楼

濒湖小镇赛桃源，人和物阜；
贯境通衢连柳巷，地利商诚。

注：氾水镇隶属扬州市宝应县，西南濒高邮湖、宝应湖。牌楼"氾水"二字为乾隆御题。

## 题张玉叶二十四节气艺术馆

玉成艺馆，雅客欣欣游四季；
叶透时光，奇珍娓娓说千秋。

## 宋领命题咏雪

### 一

轻絮半空藏绿野，
暗香一角探红梅。

### 二

琢玉堆银何阔绰，
粉街饰宇总铺张。

## 奉题壬寅元宵节

花海似春，两番奥运逢时运；
灯街如昼，一碗汤圆看月圆。

## 回乡偶记

返家关闭导航，方行油路，还攀石路；
对膝打开话匣，才罢炊烟，又袅茶烟。

## 题寺庙

青灯燃尽红尘梦，
黄卷悟通白日禅。

（与青岛刘燕生合作）

## 聆听《二泉映月》

一把二胡三段泪，
几回单曲万重漪。

## 老年大学

发少频添书不少，
心明或抵眼长明。

## 奉题植树节

窗引啁啾宜种树，
心怀淡泊惯居山。

## 自撰墓志

究无一处资财，耽诗瀹茗；
偶有几分文采，坐井观天。

## 春　分

莲塘清染翠，欣听蛙唱朝晴、燕衔暮雨；
柳蕊密垂金，贪看鸡攀竹径、鸭渡桃溪。

## 无　题

上下是非难左右，
炎凉人事叹沉浮。

（与网友合作）

## 无 题

峻峭山中人俊俏,
矇眬目里月朦胧。

（与网友合作）

## 过西乡农庄

牵袂来迎三径竹,
拂云坐对一方山。

## 奉题滁州西涧观潮阁

草色匀深，种柳长怀千载吏；
鹂声宛转，观潮远接半天云。

注：唐代著名诗人韦应物任滁州刺史期间，有《滁州西涧》《西涧种柳》诸诗，"草色""鹂声"即化用《滁州西涧》首联。

## 题无为市陡沟镇一品茶庄

瓷盏溢诗,人一品,茶一品;
春风入座,客千乡,誉千乡。

## 访天长市樊园

霜枝赏柿,鳞甲观松,案上千盆成队列;
夜枕虫声,晨迎鸟语,窗前一曲弄笙簧。

## 题郴州相山寺

原知禅理非文字,
宁信凡夫有慧根。

## 芜湖楹联学会周年志庆

青弋入江,诗吟江水阔;
赭山衔日,联映日光新。

## 联题文房四宝

### 笔

每动诗情文字活,
方挥毛颖鬼神惊。

### 墨

六色分明中国画,
千秋写好大文章。

### 纸

檀皮稻草输原料,
鸿爪雪泥录雅言。

## 砚

烟墨研磨桃李继,
心田守护子孙耕。

注:①鬼神惊,《淮南子》载,仓颉造字"天雨粟,鬼夜哭"。
②六色,中国画六墨法分墨色为黑、白、浓、淡、干、湿。

## 七一抒怀

锤镰树帜,马列传薪,擘画南湖摧旧制;
航母巡疆,神舟探月,追随北斗启新程。

## 庆香港回归廿五周年

中国结高悬,彩灯倒映香江水;
紫荆花盛放,圆月不眠维港天。

## 无 题

吾道何孤,琴瑟争鸣交益友;
法门不二,色空坐辩悟玄机。

(与网友杨柳菁青合作)

## 贺山西长治市诗词楹联协会成立

耕读传家,一山画里常披绿;
诗联含韵,百姓门楣相映红。

## 无 题

天舞彩虹,喜看赤橙黄绿青蓝紫;
日迎俗事,勤思柴米油盐酱醋茶。

(与河南史宝明合作)

## 六合桂子山石柱林

幸观一万年，江北桂山藏古迹；
巧遇三重境，疫中兰友赴琼林。

## 央视六集纪录片《苏东坡》

始贬黄州，终贬儋州，命舛几番身辗转；
初研儒学，继研佛学，词工千载史流传。

注：苏辙为兄苏轼撰墓志铭云："初好贾谊、陆贽书……后读释氏书，深悟实相。"

## 自　　挽

嗜粥亲蔬，有幸皮囊终入土；
趁闲思过，无缘学海再攻书。

## 无 题

笔触生姿频触笔,
机关开会请关机。

(与合肥龚森林合作)

## 中秋节

### 一

归梦频频,掛满月光堪下酒;
行囊浅浅,抚平心绪每回乡。

### 二

赏三五月,高悬完璧赊樽酒;
过一半秋,轻掷碎金换桂香。

## 题　扇

春夏秋冬，艺宦吹风多作戏；
蒲葵羽纸，炎凉覆手半为媒。

## 徒　步

快慢相宜忘半老，
浅深已惯降三高。

## 观音山步仙亭

千磴斜攀通阆苑，
七星倒映醉瑶池。

## 题某美食街

### 一

皎月花窗,一盏清茶撩雅兴;
新朋旧雨,三巡美酒起高潮。

### 二

莫言巷子深,客往人来缘不尽;
皆赞厨工巧,本多利少店无欺。

## 题教师节

师道当尊,一门桃李三更烛;
春晖难报,三尺讲台一寸丹。

## 癸卯春帖

### 一

福田有待慈心种,
好梦宜留志士圆。

### 二

生态宜居,田野铁牛驮硕果;
神舟常住,蟾宫玉兔搭班车。

### 三

全会启春帷,海空频访添功业;
疫情调赛制,龟兔相携步锦程。

## 井楠茶文化馆

色嫩汤匀,把盏初闻勾味蕾;
山深雾重,汲泉小坐沐春风。

## 滁州西涧观潮阁

凭栏观胜景,重温野渡横舟、雄关锁钥;
怀古记前贤,历数龙潭祈雨、幽谷疏泉。

## 题六安罍街

绿蚁红炉,驻足皆为三径客;
徽风皖韵,骋怀已是十分春。

## 题禄口机场地铁站

入地登天,千年城市惊穿越;
襟江面海,三角商圈喜跃升。

## 题地铁南京站

站临玄武湖,澄波倒映摩天厦;
文著石头记,雅韵催生活力城。

## 金牛湖

痴迷画卷,数帆犁浪玻璃镜;
沉醉民谣,一曲走心茉莉花。

注:①民歌《茉莉花》发源于金牛湖一带,经前线歌舞团何仿搜集、整理、传唱,风靡世界。
②青运会帆船项目比赛场地选在金牛湖。

## 江心洲春联

洒落珍珠,瑞雪初临辞岁尾;
漂来翡翠,新春已报到江心。

## 遣 兴

对牛何必弹琴,充耳不闻天籁,归我山居听古调;
怀志曾经立雪,空囊却愧暮年,同谁书海钓斜阳。

(与北京倪进祥合作)

## 寿县靖淮门春联

淮水立潮头,二千年史迹乃称之寿;
春风迎岁始,一百县榜单不让其雄。

## 乔迁联

孟母三迁,逃墨近朱长育子;
琼楼四望,听风枕水好延年。

# 扬州文汇阁

### 正　门

丽阁藏书，昆冈藏玉；
清风在抱，丘壑在胸。

### 正厅一

唯美湖山斜照月，
全新案几静凭窗。

注：上联"湖山"指瘦西湖一带风光，"照月"指"二分明月在扬州"；下联指咸丰四年文汇阁毁于一炬，如今盛世重建。

### 正厅二

书城出入胸襟阔，
世事沉浮眼界宽。

# 广东翁源县东华禅寺

### 东华书画院

丘壑在胸堪写意，
梵音入耳渐离尘。

### 山门牌坊

路走平，心放宽，到此山门天地阔；
人行善，事谋远，骋怀景色雨晴宜。

### 文博馆

一馆奇珍堪驻足，
千年文脉可寻源。

### 财神殿

君子生财须有道，
色身入世岂无为。

**会客室**

满座春风,出入皆为贵客;
十方信众,往来本是前缘。

## 西安城墙长乐门癸卯春联

墙为无字碑,千年史迹读成韵;
兔是报春使,一缕东风挤进门。

## 南京集庆门癸卯春联

身披中国红,集庆绵绵添喜庆;
天映秦淮碧,江潮滚滚带春潮。

## 陕北艺人

唢呐绕梁,脚沾黄土云天近;
民谣醉客,腰系红绸鼓舞欢。

## 冬　闲

温暖阳光，篱院人家勤晒日；
清癯梅树，虬枝骨朵暗含香。

## 偶　题

民瘼板桥竹，苦雨凄风犹在耳；
诗骚和靖梅，暗香疏影已倾心。

## 题安徽省侨联

### 一

客寓海天，逐梦半生身辗转；
情牵桑梓，乘风万里我归来。

## 二

开樽贺岁,千家年近春将近;
隔海望乡,几度月圆人未圆。

## 癸卯春联

### 一

金乌融雪萌新绿,
玉兔衔梅报早春。

### 二

兔巡月桂一轮满,
燕剪窗花万户红。

### 三

家居绿水青山里,
烟起粉墙黛瓦间。

(与陈频合作)

## 四

卯劲追春如脱兔,
辰星引舵驭飞龙。

(与张家安合作)

## 五

共贺丰年兼贺岁,
才迎盛会又迎春。

(与陈自如合作)

## 六

玉宇澄清迎玉兔,
头功砥砺属头羊。

(与唐佳合作)

## 七

年味逢春厚,
梅香遇雪浓。

(与卢晓合作)

## 八

把盏庆团圆,玉露琼浆除夕夜;
开门迎福禄,银花火树抖音迷。

## 合肥癸卯新咏

兔管初濡墨,试描摹淝上春光、巢滨霞色;
龙章正破题,争体验人文魅力、数字浪潮。

## 湖口县江湖楼

群峰含黛,百舸争流,雨景兼夸晴日景;
湖上清风,山间明月,心潮共逐大江潮。

## 正月初五戏作

宜同牛气签长约,
恰与财神撞满怀。

注:正月初五,古称"牛日",传为牛的生辰。中国民间有正月初五迎财神的习俗。

## 倪受锦先生寿九十

鲐背望期颐，乡尊耆宿；
兔毫传族谱，德被后昆。

注：倪受锦，无为市红星村人，军旅书家倪进祥之父。癸卯年（兔年）正月初八恰逢其九十生辰。

## 宝鸡市吴山景区山门

五峰挺秀，东君长拂生花笔；
一马当先，西镇新添遗产园。

注：五峰，即吴山景区会仙峰、灵应峰、镇西峰、大贤峰、望辇峰。清康熙皇帝于公元1703年4月御题"五峰挺秀"。

## 挽梁士军先生

画室梁倾，胥口春寒君驾鹤；
知音弦断，湖边潮急笔收山。

注：梁士军，来安县人，中国美术家协会会员，职业画家，长年旅居太湖旁胥口镇。癸卯正月，英年早逝。

## 山西绛州署三题

### 绛守居园池牌楼

几杵钟声，犹警示民生是本；
一州事业，当谋求德政为基。

### 贡院巷牌楼

石砚勤磨，灯火三更添白发；
诗书饱读，春闱一试步青云。

## 乐楼戏台

捧剧追星,或喜或悲人坠泪;
操琴鼓瑟,能文能武戏连台。

## 采石矶

诗仙捉月终留步,
草圣结庐为看江。

注:采石矶为诗人李白行吟生涯的终点站,林散之于此筑"江上草堂"。

## 题淮安

京杭重镇,九省通衢,千帆翔集迎商贾;
巷陌雅风,两淮福地,百代熏陶树栋梁。

注:军事家韩信、文学家吴承恩、政治家周恩来等,皆出自淮安。清代京杭大运河漕运总督署亦设于淮安。

# 福建南少林寺四题

### 达摩殿

面壁九年终破壁,
结缘一霎乃投缘。

### 念佛堂

暮鼓晨钟催梦醒,
青灯黄卷拭心明。

### 方丈堂

山僧入定尘嚣远,
禅院披云花鸟亲。

### 云水堂

登阶人立红尘外,
放眼寺悬翠谷边。

# 咏徽茶

采露焙香,每醉茶歌飞岭上;
挑山售绿,犹听春讯探芽头。

# 单县一中五题

### 教学楼

寒窗十载终无悔,
绮梦一朝自有成。

### 实验楼

穷源探路凭双手,
格物致知用一心。

### 荟萃湖聚贤亭

倒影半湖藏意境,
冲天一鹤引诗情。

### 静心斋（宿舍楼）

立德树人真事业，
读书明理静功夫。

### 艺体馆

一流艺品含人品，
数载大功见苦功。

## 题廉政文化长廊

独抱冰心，耻饮贪泉水；
尤珍晚节，快吟正气歌。

## 唐县清虚山二题

### 山　门

清气如梅培道骨，
虚怀若竹聚仙风。

### 奶奶顶庙

登顶风光藏秘境，
焚香庙宇绕慈云。

## 衡东县实验中学三题

### 图书馆

愿效书虫，徜徉学海身心健；
精研教案，拼搏人生家国兴。

### 竞秀亭

品学兼优，夸蒸蒸事业；
风光独秀，数默默园丁。

### 体艺馆

功在平时，且凭厚绩能冲刺；
课弥短处，独向高标敢刷新。

## 母亲节忆母

天晓炊烟起，村口送儿长伫立；
夜深针线飞，客中捎信复叮咛。

## 沈阳白鹤楼

拾级喜登高，揽百里山川、一楼风月；
落霞新着色，映频飞白鹤、如洗蓝天。

注：白鹤楼坐落于沈阳市法库县，被誉为"大辽第一楼"。

## 中秋节

大海波中升皓月，
半秋客里惹绵思。

(与唐山王跃东合作)

## 题中山市龙舟邀请赛

龙舟恰似龙腾,看百棹扬波、万人喝彩;
民俗宜同民办,赛健儿踊跃、鼓点铿锵。

## 寿县瓦埠镇西街牌楼

功德长传君子镇,
风情最忆望春湖。

注:《寿县志》载,镇西为东淝河故道,后积为瓦埠湖(又称望春湖);春秋末孔子弟子宓子贱由鲁使吴,病卒葬于此,后人建宓子祠,称瓦埠镇为"君子镇"。

## 南陵县弋江镇牌楼

千年古镇,四季繁花,乡土扎根同梦种;
商贾蜂拥,声名鹊起,弋江通海赶潮来。

## 山西柏叶口水库

筑坝安澜,一方水土涵风雅;
弄潮追梦,几度春秋变海桑。

## 芜湖贵宴楼

贵宴贵宾,面目可亲皆是客;
名厨名馔,酒茶欲醉甚投缘。

## 湿地之都盘锦

一城入榜单,人文生态,花添锦上;
百业掀潮韵,苇海蟹滩,身在江南。

注:入榜单,指盘锦有中国北方唯一国家级生态建设示范区、"中国最美湿地"的美誉。

# 江西瑞州府学三题

## 府学大成殿

温故知新,书声时有鸡声和;
忧先乐后,意气长随墨气添。

## 戏　台

花旦青衣,结局回回成喜剧;
南腔北调,舞台每每遇冤家。

## 五龙亭

学富五车,点睛龙破壁;
窗寒十载,饮誉凤还巢。

# 商城县灌河文化园二题

## 盆景园

百态赏清幽,根老犹窥龙气势;
一盆涵大雅,枝斜若展凤身姿。

## 吕谭岛

四面环漪,枫杨擎伞神仙地;
周身染绿,栈道迎宾生态园。

# 眉县公路驿站二题

## 一

清障平坑,延长脚下连心路;
亲商安企,致富乡间种地人。

## 二

驿站如家,通村最后一公里;
云衢似带,圆梦当初几代人。

# 南阳医圣文化园二题

### 仲景书院

四诊历艰尝百味,
一编享誉泽千年。

注:四诊,指中医望、闻、问、切四种诊断疾病的方法;一编,指张仲景传世医著《伤寒杂病论》。

### 大堂行医馆

祛病疗伤,济世悬壶称国手;
辞官采药,跋山涉水记神方。

## 题亳州公交

晴雨四时,线路凭窗观画卷;
城乡一体,春风入座到家门。

## 永川城墙公园石朝门

剔藓扪碑,城砖铭刻千年史;
弄潮兴业,江水迎来百里帆。

## 深圳南头古城三题

### 海防公署

帐中舵稳看旗举,
海上风狂做剑鸣。

### 南城门

袅袅江烟，残垣曾照明清月；
斑斑史迹，幽巷堪寻深港源。

### 文天祥祠

一隅心抱恨，羸躯念整顿家园、收回失地；
两宋史留名，风骨存零丁洋里、正气歌中。

## 题湿地风光

蛙鼓蛩琴，悠闲半阕秋声赋；
湖光山色，自在一篙云水谣。

## 题上海市法治宣传月

规章记记钟，沪上勤廉依党纪；
雨夜萧萧竹，胸中冷暖记民生。

## 无 题

高岑自有凌云柏，
银汉原无摆渡船。

（与黑龙江郁犁合作）

## 归 侨

### 一

梦吐方言，彼岸流年随逝水；
人逢佳节，他乡游子数归程。

### 二

逢节倍思亲，故里频频来梦里；
望乡遥隔海，船头每每忆村头。

## 南京中华门地铁站春联

才点龙睛,座入春风行大道;
已腾虎步,东来紫气庆中华。

## 南京夫子庙

古都留胜迹,王谢堂前,六朝追溯乌衣巷;
深院访名楼,诗文句里,一棹来游朱雀桥。

## 苏州木渎古镇

林园几处,时露时藏,石径犹观史;
柳巷一条,半耕半读,人家尽枕河。

## 清凉门

水泛鳞光,拾级尤知文厚重;
山潜龙气,登楼长沐地清凉。

## 琅琊山民宿三题

### 入口牌坊

身在氧吧,渐迷山色疑仙境;
人行画卷,聊借林涛洗俗尘。

### 宴会厅

云路烟村,高朋满座开琼宴;
山肴野蔌,闹市一隅做醉翁。

### 接待中心

野岭纵横,曲径通幽人小憩;
鸣声上下,浅杯入梦月高悬。

# 安徽审计机关成立40周年

明察秋毫,公心严禁窥仓鼠;
遍施德政,法眼尤惊窃禄人。

# 滁州古城门甲辰春联三题

## 遵阳门

门对清流,客满遵阳三里巷;
城萦紫气,春临滁邑万间楼。

## 丰泰门

巧点龙睛,欲借东风兴古邑;
紧跟虎步,犹闻西涧荡新潮。

## 拱极门

似屏画卷,如带烟波,幸福方舟依北斗;
百姓安居,一方乐土,崭新事业借东风。

## 董酒春联

董酒长添年一味,
窗花喜剪燕三春。

## 古井贡酒甲辰春联

撷美新春描兔笔,
溢香古井汲龙涎。

## 合肥市春联

诗题恰与春光合,
年景欣同土地肥。

## 湖北省图书馆建馆 120 周年

一馆迎来双甲子,
千年解读两江湖。

## 甲辰春帖

### 一

巧点龙睛兴八皖,
紧跟牛步闹三春。

### 二

立志创新龙破壁,
打工就近凤还巢。

### 三

修来福气凭双手,
问候彩铃挤一屏。

## 四

牛气耘开春绿野，
龙睛点出皖蓝图。

## 五

七十五年龙正翥，
万千双手业长兴。

（与陈自如合作）

## 六

寒梅傲雪开生意，
新燕还巢恋故园。

（与唐佳合作）

## 七

皖水弄潮登虎榜，
春风试笔写龙章。

（与宋贞汉合作）

## 八

家和年味久，
疫尽市声稠。

（与卢晓合作）

## 九

梦逐小康路,
龙腾大有年。

(与邵鑫合作)

## 十

龙抬头日宜耕种,
蝶恋花词喜唱吟。

(与王跃东合作)

# 茶陵县东阳书院四题

## 凉 亭

宦海沉浮堪小坐,
故园来去且长吟。

## 艺术展厅

半读半耕,书香盈室;
为文为艺,人品立基。

### 藏书室

教子教孙,尤知教善;
藏金藏玉,未若藏书。

### 茶 室

茶陵做客邀茶话,
李相遗风在李门。

## 朝阳市法治长廊

守红线,亮红灯,颗颗红心勤砥砺;
扫法盲,诠法典,重重法眼慎裁量。

## 云龙县虎山书院

蟾月照诗碑,石径霞飞饶意象;
虎山藏道笈,墨池字活蓊云龙。

## 大鳌盖有机茶园

蛩唱蛙鸣,遍野和谐交响曲;
泉流雾绕,半山清脆采茶歌。

## 漳州炎帝神农殿

炎帝位尊,福佑中华因聚力;
和溪源远,我来南靖为寻根。

## 闽南佛学院四题

### 山 门

静悟笃行,衣钵百年香火盛;
闲来小坐,海天一色景观奇。

### 培训楼

几代传薪,净地勤来施法雨;
百年问学,慈航乐做渡人舟。

### 僧寮区

清静六根,梵境皈依人脱俗;
禅茶一味,浮生觉悟苦回甘。

### 竹林禅房

六祖法门文字外,
百年学府磬声中。

## 皖东方言联

### 一

桥归桥,路归路;
铆是铆,钉是钉。

## 二

听风即是雨,
有奶便成娘。

## 三

种瓜得瓜,种豆得豆;
吃水靠水,吃山靠山。

## 四

穷家富贵命,
刀嘴豆腐心。

## 五

两只眼捣瞎,
一碗水端平。

## 六

好了伤疤忘了痛,
吃着碗里看着锅。

## 七

鲁班门前弄大斧,
矮子里面选将军。

## 八

堤内损失堤外补,
床头吵架床尾和。

## 九

人情大似债,
春雨贵如油。

## 十

当面锣背面鼓,
李家短张家长。

## 十一

无功不受禄,
有奶便是娘。

## 十二

天生我材必有用,
背靠大树好乘凉。

## 十三

半瓶醋,
一根筋。

## 十四

种瓜得瓜,种豆得豆;
嫁狗随狗,嫁鸡随鸡。

## 十五

锥子只有一头快,
秤杆还须两端平。

## 十六

打人不打脸,
擒贼先擒王。

## 十七

井水不犯河水,
晴天须防雨天。

## 十八

软柿子,
老油条。

## 十九

陈芝麻,烂谷子;
铜豌豆,铁公鸡。

## 二十

该出手时须出手,
得饶人处且饶人。

## 二十一

灯下黑,
愣头青。

## 二十二

肘对外拐，
人向里迷。

## 二十三

就大腿，搓绳子；
栽梧桐，引凤凰。

## 二十四

隔枝不打鸟，
得理也饶人。

## 二十五

几碗水几碗稻，
一朝君一朝臣。

# 集句联

## 一

海上生明月,(唐·张九龄)
山中有白云。(南北朝·陶弘景)

## 二

绿树村边合,(唐·孟浩然)
清泉石上流。(唐·王维)

## 三

遥知兄弟登高处,(唐·王维)
早有蜻蜓立上头。(宋·杨万里)

## 四

交尽美人名士,(清·龚自珍)
惯看秋月春风。(明·杨慎)

## 五

抬将秋水堆珠网,（清·叶绍本）
留得枯荷听雨声。（唐·李商隐）

## 六

千峰图画收诗卷,（清·姜宸英）
二月春风似剪刀。（唐·贺知章）

## 七

巧算谁能推雪片,（清·查慎行）
好诗不过近人情。（清·袁枚）

## 八

明月金樽齐绚彩,（清·陈展骐）
天光云影共徘徊。（宋·朱熹）

## 九

竹花细影浮湘簟,（清·程际盛）
岩壑烟霞属野人。（明·石玺）

## 十

停车坐爱枫林晚,(唐·杜牧)
吹面不寒杨柳风。(宋·志南)

## 十一

我劝天公重抖擞,(清·龚自珍)
小园香径独徘徊。(宋·晏殊)

## 十二

羌笛何须怨杨柳,(唐·王之涣)
好诗不过近人情。(清·袁枚)

## 十三

商女不知亡国恨,(唐·杜牧)
老夫聊发少年狂。(宋·苏轼)

## 十四

风吹皱一池春水,(五代·冯延巳)
浪淘尽千古英雄。(宋·苏轼)

## 十五

推户已成千顷白,（宋·杜范）
与梅并作十分春。（宋·方岳）

## 十六

白蘋红蓼西风里,（宋·孙锐）
色相楼台烟雨中。（清·卢震）

# 回文联

## 一

得月楼头楼月得,
停云岭上岭云停。

## 二

雨落檐前檐落雨,
云横岭际岭横云。

## 三

月满天心天满月,
春临岁杪岁临春。

## 四

句吟独醉独吟句,
联采众长众采联。

# 附　录

## "岁寒三友"应对刍议

2021年12月2日，开通不久的《楹联博览》杂志作者微信群中一副楹联引发热议。有联友出句"岁寒三友"征下联，很快有人以"春暖九州"应对。原本，群里有消息或者议论，短则三五分钟，长则一二小时，便归于沉寂。而眼下这副楹联一石激起千层浪，由讨论而争执，肯定与否定两个阵营甚至"唇枪舌剑"，持续数日，各不相让。

作为一个专业的楹联文化群，一副楹联引发如此热议，说明这种情况具有一定的代表性。这里，笔者不惴浅陋，试做探讨。

岁寒三友，
春暖九州。

窃以为，这是一副无情对。所谓无情对，是指仅着眼于字词对仗，不顾及内容，甚至内容毫不相干，通过上下联形成的反差，生发幽默或者趣味，属于文人墨戏。

然而从楹联自身的文学属性和审美属性看，这副楹联不能成立。

首先，下联的"暖"字，由原来的形容词活用为动词，意思是春天温暖了九州。而上联同一位置对应的"寒"字，形容词的词性并没有发生变化。这一点违背了《联律通则》第二条"词性对品"的基本规则。

其次，上联指"寒冷季节里的三友（松竹梅）"，属于偏正结构，而下联的主谓宾结构一目了然。这一点违背了《联律通则》第三条"结构对应"的基本规则。

最后，上联中暗含拟人、典故等修辞手法，语义相对含蓄；而下联用语直白，一览无余。

一家之言，不妥处敬祈方家指正。笔者亦借此试对几联，权当抛砖引玉：

一

岁寒三友，
学富五车。

二

岁寒三友，
天朗七星。

三

岁寒三友，
月白满天。

（原载《中国楹联报》2021年12月17日第3版）

# 滁州名宦的廉政楹联

## 方濬师联题寿州珍珠泉

卅年治水竟难归,看丛桂依然,霜雪盈头怜我老;
一勺贪泉差免污,试烹茶坐此,薏珠到眼有人知。

方濬师(1830—1889年),字子严,号梦簪,安徽定远人。清咸丰乙卯举人,历任内阁中书、总理各国事务衙门章京、侍讲学士、直隶永定河道按察使等职。著有《蕉轩随录》《蕉轩续录》《退一步斋诗集》《退一步斋楹联》《袁枚年谱》《蹉政备览》《粤闱唱和集》等著作,清代"定文章"代表人物之一。

方濬师的家乡炉桥镇与寿州接壤,故土情深,因而撰写此联时不免做一番联想与感慨。上联回顾政治生涯,30年奔波永定河道治水,珍珠泉边的桂花树还是当年模样,反观自身已是颓然老境。

下联两处用典。一处是"贪泉"。相传距广州城20里的驿道边有一眼泉,名为"贪泉",一饮即贪,无人幸免。东晋元兴元年(402年),刺史吴隐之赴任广州,路过此泉时,他偏不信邪,不但饮了贪泉的水,还赋诗以明志:"古人云此水,一歃怀千金。试使夷齐饮,终当不易心。"对自己要求愈加严格。任期届满,他乘船返回建康时，仍然与他上任之初一样，身无长物，两袖清风。其事迹被载入《晋书·良吏传·吴隐之》。

另一处典故是"薏珠"。相传"伏波将军"马援受汉光武帝刘秀之命，平息南疆叛乱。北方将士到了广西水土不服，许多人出现手足麻木、下肢水肿。随军医生也没见过这种怪病，无计可施。眼看染疾人数迅速上升，延误战事，马援命人在营门贴出告示："凡献方治愈此病，悬赏白银五百两。"直到第七天，才有一名乞丐揭下告示，他从乞讨罐中取出一把珠子似的薏苡仁，告诉马援煎水送服即可。薏苡仁，俗称苡米，形似珠子，药食同源，在当地广泛种植。乞丐献方，分文未取。将士们服下薏苡仁煎水，果然灵验，康复如初。马援凯旋时特意装了一车薏苡仁，打算回北方引种，结果被人误以为一车珠宝，告发他夹带私货，搜刮民财。马援一怒之下，当众将一车薏苡仁倾倒于漓江，谣言不攻自破。从此，薏苡仁有了"薏珠子"的美名。

方濬师在下联中用"薏珠"一词，语带双关，既是指珍珠泉泛出的气泡形似薏珠，亦借以表明自己清白的操守。

## 薛时雨联题杭州府大堂

*为政戒贪，贪利贪，贪名亦贪，勿务声华忘政本；*
*养廉惟俭，俭己俭，俭人非俭，还从宽大葆廉隅。*

薛时雨（1818—1885年），字慰农，一字澍生，因祖居桑根山，晚号桑根老农，全椒人。受父亲薛鑫的影响，薛时雨幼承庭训，博览群书，清咸丰三年（1853年）与仲兄薛春黎同登进士第，历任嘉兴知县、嘉善知县、杭州知府。1865年，其辞官讲学于杭州崇文书院,著名学者谭献,诗人张预、陈豪,皆出门下。薛时雨后经两江总督马新贻之邀,主持江宁尊经书院和惜阴书院,从学者众,有"状元实业家"张謇、"石城七子"之一陈作霖等知名人物。生平著作有《藤香馆诗删》《西湖櫓唱》《江舟欸乃词》《藤香馆小品》等。

薛时雨的上联提出"为政戒贪"的理念,语出《左传·襄公十五年》:"以不贪为宝。"下联提出"养廉惟俭"的路径,语出《宋史·范纯仁传》:"惟俭可以助廉,惟恕可以成德。"颇让人眼前一亮的,是上联中"贪利贪,贪名亦贪",为官贪求物质上的好处固然是"贪",追逐浮名同样也是"贪"。所谓贪名,就是大搞政绩工程、形象工程,以花架子博得眼球。薛时雨此语,发前人所未发,振聋发聩。下联则是强调通过节俭养成廉洁的操守,而不是一味地要求别人节俭,换成今天的话就是"严于律己,宽以待人"。

薛时雨言行一致,有口皆碑。他早年任嘉兴知县,恰逢大旱,百姓无粮纳税,薛时雨下令停征。上司催粮令屡下,他置若罔闻,结果被撤职罢官。因之,浙江老百姓都说:"清官者,首推薛嘉兴。"在薛时雨任职过的杭州府署和浙闱提调官署,多处悬挂着他亲撰的廉政楹联,既是对其日常公务的警醒,亦铭刻他清廉为官的心迹。

## 何廷谦联题定远城隍庙

泪酸血咸,悔不该手辣口甜,只道世间无苦海;
金黄银白,但见了眼红心黑,哪知头上有青天。

说到何廷谦，定远人不知谓谁；提起何地山，定城老一辈人几乎尽人皆知。何廷谦，字地山，定远人。清道光十七年（1837年）拔贡。道光二十五年（1845年）进士，授翰林院修编。道光末年，擢升为中允，后升左右春坊庶子、侍读学士、内阁学士兼礼部侍郎等。历任福建副主考官，陕西主考官，江西、广东、顺天学政。晚年精研宋学，善书法。著有《退思堂诗文集》。

这副楹联上联巧妙嵌入五味"酸咸辣甜苦"，下联嵌入五色"黄白红黑青"，形对意联，无斧凿之痕。联语告诫人们，切不可利用别人的善良去坑蒙拐骗，更不可见利忘义，攫取不义之财。全联雅俗共赏，口语入联，借用人们对城隍敬畏的口吻，苦口婆心，教化民风。

何廷谦为家乡煞费苦心题写的楹联，自清朝同治年间定远城隍庙重修时镌刻悬挂，直至1968年初城隍庙被当地人武部扩建时拆除，整整悬挂百年之久，接受南来北往无数人的瞻仰与膜拜。楹联的内容亦随着口碑而广泛传颂，甚至被一些地方的寺庙模仿。据了解，安徽桐城的投子寺就曾复制该联。因脍炙人口，该联被收录于北京西苑出版社《古今联语汇选》、中国旅游出版社《中国名胜楹联大辞典》。

（原载《楹联博览》杂志2023年第6期）

# 吴鼒太白楼楹联解读

马鞍山采石矶雄峙于长江东岸,这里不仅可以饱览大江东去的壮美景色,还能畅游众多历史遗迹,发思古之幽情。当涂县是诗仙李白游历生涯的终点站,采石矶自然少不了诗人凭吊之所,一处是位于山顶南坡的李白衣冠冢,一处是山脚下正南端的太白楼。

> 谢宣城何许人,只凭江上五言诗,要先生低首;
> 韩荆州差解事,肯让阶前盈尺地,容国士扬眉。

这是悬挂于太白楼正厅的抱柱楹联,由于系用篆书所写,多数游客无法辨识,因此个中风雅不为人留意,似有遗珠之憾。

撰联者吴鼒(1755—1821年),字及之,一字山尊,号抑庵,晚号达园,全椒县人。清代著名骈文家。七岁即能诗文,二十三岁获选拔贡入国子监,受业于乾嘉学派领军人物、大兴人朱筠。吴鼒游镇江焦山作《听潮歌》,丹徒人"淡墨探花"王文治惊服其才,结为忘年之交。三十二岁中乡试副榜,拜朱筠之兄、体仁阁大学士朱珪为师。嘉庆四年(1799年)中进士,选为庶吉士。嘉庆帝曾向朱珪问及新科进士,朱珪首先荐举吴鼒。嘉庆二十一年(1816年),吴鼒出任广西乡试主考,物色了一批人才,受到嘉庆皇帝器重。嘉庆委派他编修《八旗诗》，纂修《高宗实录》，皆为当时佳本。嘉庆帝召集文臣撰写"褒忠祠碑文"，吴鼒站在殿下片刻立就，嘉庆大喜，擢升他为侍读学士。

吴鼒不仅诗文出色，擅长骈文，而且工书善画，书法有虞世南、褚遂良俊逸之气，画具黄山谷神韵。其归田后主讲扬州紫阳、梅花书院。晚年，其退居全椒襄河筑"达园"养息其间。吴鼒去世后，女婿薛春黎帮助整理旧稿，刊印《抑庵遗诗》，薛时雨（春黎三弟）与人共同收集编订《吴学士文集》（诗文九卷）。

笔者以为，吴鼒太白楼联，熟练运用历史典故，既准确提炼出李白的性格特征，又下语巧妙自然，对仗工稳，似顺手拈来，全无斧凿之痕。

上联中的"谢宣城"，即南朝齐时著名山水诗人谢朓。南齐建武二年（495年），谢朓曾任宣城太守，故称谢宣城。谢朓（464—499年），字玄晖，陈郡阳夏（今河南太康县）人，为"竟陵八友"之一，擅长五言诗，多描写自然景物，间亦直抒怀抱，诗风清新秀丽、圆美流转、平仄协调、对偶工整，对唐代律绝的形成有着重要影响。谢灵运是中国山水诗的鼻祖，谢朓与他同族，故而人称谢朓为"小谢"。所谓"低首"，出自清初文坛领袖王士祯对李白的评价："青莲才笔九州横，六代淫哇总废声。白纻青山魂魄在，一生低首谢宣城。"李白对谢朓的敬慕贯穿一生，并在诗歌中时有流露，诸如"谁念北楼上，临风怀谢公"（《秋登宣城谢朓北楼》）、"蓬莱文章建安骨，中间小谢又清发"（《宣州谢朓楼饯别校书叔云》）、"解道澄江净如练，令人长忆谢玄晖"（《金陵城西楼月下吟》）等十多首，由衷爱戴，堪为铁粉。

下联中的"韩荆州",名为韩朝宗,唐玄宗开元年间荆州大都督府长史,常奖掖后进,受到士人仰慕。开元二十二年(734年),三十四岁的李白自洛阳前往江夏,途经荆州时听朋友们纷纷称赞当地主官韩朝宗特别善于举荐人才,心为所动,便精心准备一篇美文《与韩荆州书》,专程拜会,一番表白,并当面递交了自荐信。"而今君侯何惜阶前盈尺之地,不使白扬眉吐气,激昂青云耶?"即是信中原文。意思是,您何必舍不得阶前一尺的地方,不让我李白扬眉吐气、壮志凌云呢?

　　向上流社会推荐自己的诗文,是古代读书人于科举之外谋求一官半职的主要途径之一。李白亦不例外,除了大家熟知的《与韩荆州书》一文,他还先后两次向唐玄宗献上《明堂赋》《大猎赋》,向玉真公主和当朝状元贺知章献诗,为永王李璘作《永王东巡歌》等。

　　唐至德元年(756年)冬,永王李璘派员三顾茅庐,隐居庐山屏风叠的李白入永王水军幕。剧情反转,始料未及,自踏上李璘"贼船",李白一生的政治抱负戛然而止。乾元元年(758年),受永王谋反牵连,五十八岁的李白被判流放夜郎(今贵州铜梓北)。乾元二年,关中遭遇大旱,朝廷宣布大赦,流放途中的李白虽重获自由,终究心灰意冷、穷困潦倒。他把人生最后一线希望寄托在他的族叔、当涂县令李阳冰身上,决意向着当涂跋涉……

　　冥冥之中,李白与当涂有着不解之缘,从年轻时游历数经当涂,到终老投奔当涂归葬大青山,一生共计为当涂留下 50 余首诗歌,成为当涂人引以为傲的珍贵文化遗产。

(原载《楹联博览》杂志 2023 年第 18 期)

# 薛时雨醉翁亭名联赏读

滁州醉翁亭被誉为中国"四大名亭"之首,稳居这样的"C位",盖因她历史悠久,始建于北宋庆历年间;再者当为建筑规模,从最初的一座亭子,经明、清两朝不断扩建和修缮,清末已成为占地10亩的园区,至1981年9月8日被安徽省人民政府公布为首批省级重点文物保护单位时,园区面积已逾一万平方米,蔚成大观。

翁昔醉吟时,想溪山入画,禽鸟亲人,一官迁谪何妨,把酒临风,只范希文素心可证;
我来凭眺处,怅琴操无声,梅魂不返,十亩蒿莱重辟,扪碑别藓,幸苏子瞻墨迹犹存。

这是悬挂于醉翁亭正中位置的抱柱楹联,许多游人在亭中驻足欣赏之余,囿于一知半解,不能解读个中历史典故以及文字背后的意蕴,每每抱憾而去。

撰联者薛时雨(1818—1885年),字慰农,一字澍生,因祖居桑根山,晚号桑根老农,全椒人。受父亲薛鑫的影响,薛时雨幼承庭训,博览群书,清咸丰三年(1853年)与仲兄薛春黎同登进士第,历任嘉兴知县、嘉善知县、杭州知府。1865年,其辞官讲学于杭州崇文书院，著名学者谭献，诗人张预、陈豪，皆出门下。薛时雨后经两江总督马新贻之邀，主持江宁尊经书院和惜阴书院，从学者众，有"状元实业家"张謇、"石城七子"之一陈作霖等知名人物。薛时雨是晚清著名教育家、词人、楹联家、书法家，生平著作有《藤香馆诗删》《西湖櫓唱》《江舟欸乃词》《藤香馆小品》等。

上联"一官迁谪"，乃指醉翁亭的命名者欧阳修。北宋庆历五年（1045年），随着范仲淹"庆历新政"的失败，一贯支持范仲淹改革的欧阳修遭受牵连，被贬为滁州知州。从开封到滁州赴任，舟行近两个月，时逢深秋季节，仕途第二次被贬的欧阳修心情沮丧至极，他写诗记录当时情境："阳城淀里新来雁，趁伴南飞逐越船。野岸柳黄霜正白，五更惊破客愁眠。"（《自河北贬滁州初入汴河闻雁》）……可以说，正是滁州的秀丽山水和淳朴民风，医治好了欧阳修心灵的创伤，使他很快就振作起来。庆历六年（1046年），琅琊山僧人智仙为欧阳修建造了一座亭子，自号"醉翁"的欧阳修遂将亭子命名为"醉翁亭"，并写下散文名篇《醉翁亭记》。从此以后，亭以文传，文以亭传，美亭、美文、美名传天下。他写信告诉好友梅尧臣说："小邦为政期年，粗有所成，固知古人不忽小官，有以也！"

联语"溪山入画""禽鸟亲人""把酒临风"，皆提炼自《醉翁亭记》描述的场景。"范希文素心可证"，范希文即范仲淹，字希文；素心，喻清白之心，隐含"先天下之忧而忧，后天下之乐而乐"的为政理念，语出范仲淹《岳阳楼记》。品味上联，有意境，有主旨，有主人公，不妨理解为《醉翁亭记》的缩写版。

如果说上联是描摹文中之景，那么下联则是实写眼前之景；

上联是写作者对欧公的景仰,那么下联则是将镜头拉回现实。

薛时雨在碑文《重修醉翁亭记》中云:"醉翁亭已鞠为茂草,大兵之后,宇内名胜芜废十七八。"这句话交代了下联的写作背景。太平军过滁,醉翁亭在战火中沦为一片废墟,作为欧阳修道德文章的追随者,薛时雨为家乡名亭"琴操无声""梅魂不返"而忧心忡忡,于是,他发愿修复醉翁亭。从同治十年(1871年)动议并牵头募资,到光绪七年(1881年)工程告竣,修复工作得到了四川总督兼成都大将军吴棠、两江总督曾国藩、湖广总督李瀚章、台湾首任巡抚刘铭传等当朝政要纷纷捐资响应。从清理满园的荒草,到逐一剔除历代名贤碑刻上的苔藓,事无巨细,几易寒暑,所幸欧文苏字碑得以完整地保存下来……

这里,"琴操无声,梅魂不返"与上联"溪山入画,禽鸟亲人"同属当句自对,增加了联句的厚重与气韵。梅魂,即欧梅,欧阳修手植梅。琴操,特指《醉翁操》。欧阳修离开滁州十年以后,他的好友太常博士沈遵追慕欧公的风雅,专程寻访醉翁亭,谱写了一支曲名叫《醉翁操》的琴谱曲子。琴曲写得非常动听,节奏起伏跌宕,凡是懂得琴曲音乐的人都认为是美妙绝伦的雅音。又过了三十年,醉翁、沈遵相继去世,有个名叫"庐山玉涧道人崔闲"的人,不但擅长弹琴,而且嗓音清亮婉转,想传唱这首曲子却苦于没有歌词,遂求助苏轼填词。词曰:

琅然,清圆,谁弹,响空山。无言,惟翁醉中知其天。月明风露娟娟,人未眠。荷蒉过山前,曰有心也哉,此贤。

醉翁啸咏,声和流泉。醉翁去后,空有朝吟夜怨。山有时而童颠,水有时而回川。思翁无岁年,翁今为飞仙。此意在人间,试听徽外三两弦。

　　薛时雨牵挂于心的"苏子瞻墨迹"，即欧文苏字碑，"欧文"便是欧阳修的《醉翁亭记》，"苏字"则是苏轼（字子瞻）的《醉翁亭记》书法碑刻。北宋元祐六年（1091年），滁州知州王诏托人捎信给时任颍州知州的苏轼，请求用大字书写《醉翁亭记》，以便滁州镌刻碑文。苏轼分别用草书、楷书两种书体抄录原文。其中草书版《醉翁亭记》砖刻，珍藏在今天的郑州博物馆；大字楷书版《醉翁亭记》碑刻，珍藏于醉翁亭景区宝宋斋内，字大11厘米见方，其字端庄敦厚，字里行间充盈书家的儒雅之态和君子之风。欧文苏字碑，堪称琅琊双璧，被历代滁州人奉若至宝。

　　光绪七年（1881年）冬，历经风雨和战火后的醉翁亭修葺一新，展露芳容。整个园区以醉翁亭为核心，二贤堂、宝宋斋、冯公祠、意在亭、影香亭、古梅亭、览余台、醒园，次第分布，参差错落。薛时雨为新落成的园门书题"醉翁亭"门额，同时饱蘸深情分别为醉翁亭、欧梅亭、欧苏神龛、影香亭、曲水流觞亭五处园内建筑亲撰楹联。如今，这些精神财富连同先贤遗迹，已成为滁州珍贵的文化遗产，为琅琊山水增添一抹人文底色。

（原载《楹联博览》杂志2024年第6期）